偏安台北

祁立峰

推薦序

世紀初的華麗

文／徐國能（知名作家）

我讀梁武帝的〈河中之水歌〉，這南方小朝廷的詩人天子卻寫北方洛陽有位名叫「莫愁」的富家千金，才貌雙全，嫁入豪門，生兒封侯，處處顯貴，沒想到皇帝最後筆鋒掉轉，說這女子「人生富貴何所望，恨不早嫁東家王」，也就是說那莫愁的榮華富貴雖然十分令人羨慕，但她的心中啊，卻還是後悔當年沒嫁給隔壁青梅竹馬的英俊戀人呢！

一位又要理政又要拜佛的皇帝還有功夫去關懷少女的心中情事，不免令人詫異而失笑，但仔細想想，人生中總是充滿不可兼顧的選擇，在豪華曼妙的世界裡，日子未必無憂，因為人性那麼膚淺，慾望是那麼深邃，梁武帝在笙歌游亂的宴會中，在朝政昏闇的政局裡，在他虛寂的小佛堂上，是不是也有著某種根深蒂固的悔恨或哀愁呢？「河中之水向東流，洛陽女兒名莫愁」，再次讀來，活潑的節奏依然，但我已不覺其輕薄無聊，而有深深的淒清之意了。翻讀祁立峰寫的《偏安台北》，忽然也有這種感慨，他筆下那些可待追憶的深情，無限迷惘的當下，好像也是這偏安時代，繁華縟麗的台北城中，纖細如秋毫的人性悲哀，逝去的不可挽回，未來又無法瞻望，存在的當下真幻迷離，《偏安台北》便在這繽紛沃若的迷宮中蕩漾徘徊，忘路之遠近。

在普遍的印象中，相較於小說或詩歌，寫散文似乎比較容易，但要寫到使人展卷驚豔其美，掩卷沉思其奧卻並不那麼簡單。因為散文本身所言所嘆，絕大多數都是一些日常瑣事、人生細務，那樣平凡的東西人人懂得，當作家企圖賦予新意而重新描繪時，除了文字的刻畫渲染要有妙趣之經營，作者本身對人世浮沉的一切也要有著極濃的情感與極高的思悟，有思悟才得使人恍然若聞道；有濃情方能令人欷歔優柔，「可憐身是眼中人」，從他者回觀自己，對小我卑微的生命忽忽有了一些理解與憐惜。

除此之外，一篇好散文有其特別的質地，這質地往往來自於作者的內在才情，「文格即人格」這句老話脫去了封建道德的舊衣放在今日來看，也就是文字中所流露的一切，無非成長經驗與時代文化所共同型塑的內在價值；作家之閱世，於人間之愚騃執迷是輕慢嘲弄或俯仰悲憫，亦或能賞其天真而揚其風趣，這就展露了作者與眾不同的人格手采。

我讀祁立峰的《偏安台北》，正有「每觀其文，想其人德」之感。他在學院中以研究六朝文學聞名，那些頹豔哀感的詩賦，有著頹蕩淫靡卻絕望無耐的時代荒涼，其直視人性之慾望，歌哭家國之滄桑，逼問存在之義理，都使人一再戰慄。木心在〈遺狂篇〉博採魏晉典故，仿其語調而寫成今世絕妙之言；而立峰《偏安台北》則以六朝彣彰為神氣，西洋文學理論為視野，自我文格為骨幹，台北物質文明為肌膚，外披一襲文字的華袍，嘆撫這風雲共謠歌流動、華夏與荒煙並存的微小一瞬。如果〈遺狂篇〉是對六朝文本的互文書寫，則《偏安台北》當屬對六朝精神的超文呼喚。

在《偏安台北》中，以《世說》啟，以〈A片〉終，看似滑稽，而我見這正是立峰的行當家數，也就是透過拼貼、錯接、反用、諧擬、超連結等手法來現象存在於這海角一隅的絕倫荒謬，以及這荒謬背後千古不移的人性所鍾，這人性或癡妄得可憐，或脆弱得可哀，或憨蠻得無言以對，他以文字一一點檢這些細微的存在，使讀者驚覺在自己話語的心理脈絡中，或行為的普世結構裡，其實存在著那麼多可笑的心機與膚淺的欲求。每當讀到這些地方，我也不免恨其文章之殘忍冷酷，彷彿一個玩世不恭的浪子，硬要撕去甜美巧緻的名牌牆紙，暴露底下嚴重到無藥可治的壁癌。然每每讀至篇終，卻又不免油然有尊敬之意，因為立峰終究是多情而仁厚的，終究以一種傷懷的心情理解並包容了這一切美中的不美，善中的不善——這偏安時代的小台北，在新世紀之初微雨初晴的幽幽華麗。

因能識之，故能容之，《偏安台北》體現了立峰的睿智與襟抱，他多學博聞，信手拈來，無一不可入於字裡行間，而每件微不足道的小事，也能在他筆下說得頭頭是道。尤其是立峰的文字兼容古典美與現代感，有如一柄用淬火精鋼細細雕紋鏤花的短劍，冰冷、鋒利卻美不勝收，他的散文語言可以說是新生代散文家中最獨特的一種腔調，我恐《偏安台北》將是一次最孤獨的高音清唱。

我已不復記得我和他是如何相識的，但我常欽佩他豁達的胸懷和淵博的學識，如今更見識其文采之高妙無方。南朝品藻人物詩才的專書《詩品》，論當世無匹的詩人謝靈運：「興多才高，寓目輒書，內無乏思，外無遺物」，而今世立峰之文差可比擬這樣的風流。這是他的第一本散文集，寫得真好，他請我寫篇序文，這友情的吩咐彌足珍貴，願我淺薄的文字能代表我對《偏安台北》的欽敬與祝福，是為序。

二〇一三，台北深秋

自序

紓餘委曲，若不可測

宣武移鎮南州，制街衢平直。人謂王東亭曰：「丞相初營建康，無所因承，而制置紓曲，方此為劣。」東亭曰：「此丞相乃所以為巧。江左地促，不如中國；若使阡陌條暢，則一覽而盡。故紓餘委曲，若不可測。」（《世說新語．言語》）

只要從稍高點的地方，大屯山象山仙跡岩或某座摩天樓觀景台上，俯瞰台北城區，就會發現台北的樓房有一種獨特的醜怪和不和諧——你保證此論與這幾年喧騰騰市府的都更無關。頂加外露的紅綠灰鐵皮屋雨簷，牆與牆隙長出缺乏修剪的植栽，敝壞的舊招牌，一盞霓虹燈就是打不亮的閃啊閃，更別提大樓夾縫的第四台寬頻線、基地台天線、水管瓦斯管線路，蝕銹黴灰，鐵條裸露。

「都更」只是讓全幅敞視走向另一種平衡，華廈高樓從低矮身邊竄漲起來，像《全面啟動》裡造夢失敗然後夢境塌掉的畫面，或一隻從伏身而忽然站起來披掛鎧甲的變形金剛。

這時候你就會想起朱天文〈世紀末的華麗〉開頭描敘的：九〇年代的台北，「建鐵皮屋佈滿樓頂，千萬家篷架像森林之海延伸到日出日落處」。故事裡的男主角老段，陳義甚高和小女友米亞唬爛：我們需要輕質化的建築。白雲蒼狗，這篇文章完稿悠忽二十年過去，豪宅卻越來越貴、越來越重：石砌磚雕，鋼骨建材，避震結構。輕質化或泡沫化哪個都沒成真，蜃樓幻影，隨著整個城市盛夏溽熱的氣溫，柏油路面氤氳起了一層扭曲遠景的薄霧。

但你絕無意痛斥此弊，反過來，反而因這樣的扭曲與傾斜，城市顯得更迷人、更誘惑了。就像在過度整齊清潔的旅館，望著骨瓷白四面浴室而徹夜失眠那樣的不習慣。正因為雜沓凌亂，正因為尖峰時間的基隆路或承德路，以千輛計的機車排氣管蒸騰出的廢氣油煙，一座城市才真正存在著、呼吸著，苟延殘喘。

這就是所謂的「偏安」。過去歷史學家，或一長串的紀事本末體，大概對「偏安」這個詞沒什麼好話。南朝，南宋，南明，以及不知道怎麼稱呼之的四九年後播遷來台的政權。歌舞昇平，直把杭州作汴州。但偏安更代表某種妥協的藝術，某種堅持和夢想，或以微、以小、以脆弱而滋長枝椏的那種任性和韌性。偏安不止是政治狀態，更是一種態度，一種表情，屬於新世代的美學和生活方式。

新網路世代將台北稱為「天龍國」，典出《海賊王》。或許有點機酸訕誚，有點反串，但天龍國終究成為了我們的鄉土，我對新世代創作者動輒被歸納的「新鄉土」、「後鄉土」甚無理解，但早在朱天文和她的米亞之前，我們的鄉土就不僅是水田耕牛、攪拌機激起的白色水花，或一介農民對抗污染工廠和國家機器意志的故事。我們的鄉土就可能是頂好商圈，是威秀美麗華，是Luxy，是西門町六號出口、小紅樓或華山藝文特區，是光點是錢櫃、星聚點、加州健身中心……「潤其風華，以成大器」。

我知道有些評論家喜歡講新世代經驗匱乏，講這類城市星球寂寞迷走故事類型，或戀愛寵物網路遊戲所堆垛起的撩亂冷光面板太弱，太輕，太微型，小過頭了，稱之曰「肚臍眼文學」，抬不起頭，充其量止能盯著瞅著自個的髒肚臍，眉頭深鎖、為賦新詞。這當然牽扯諸多文學技巧主義理論的論辯，又不是去仁愛路上的FiFi把妹，沒必要把浪漫主義到現代主義那套拿來嘴砲。

迫不得已時，我會講《世說新語》的故事。東晉名相王導之孫王東亭在南州建築了一座新城市，街衢平直，諸君不妨以信義區以土地標號命名的百貨公司來聯想：A8、A9、A11……選民於是稱讚起他來，說市長比當年祖父建築建康城的彎彎曲曲、穿廊入弄的都市規劃要好多了。

《世說新語》旨在品鑑人物，而當被稱讚者不被馬屁沖昏頭，不會說自己看報才知道的時候，就值得被記上一筆。王東亭很敏銳地看出了自己與祖父的差別，他回說這才是王導巧妙之處。因為江南地勢狹仄不如中原，若都更時再弄得跟副都心似的，很容易就給看破手腳了。所以迂迴的街市、彎曲的巷弄、模稜周折的騎樓，地攤，比肩擦踵如五分埔或（以前的）師大夜市，那才真是造詣經營，因此也才能「紆餘委曲，若不可測」。

我們存在於一座城市之中，但我們同時建構了一座城市。而偏安的「紆餘委曲」，不僅止是街道或都市規劃之全幅遼闊，更是居住在城市的人們之心靈圖景。隋煬帝也曾建過「迷樓」，在裡面盡情享受迷路的刺激和恐慌。

我一點都不反對這一代被稱之為「肚臍文學」，或任意將這本散文集被視為肚臍文學的另一代表。但更重要的是透過肚臍眼我們望見什麼，深入身體腔膛的內裡，那迂曲的腸道、淋巴、腺體，它不一定比望向遠方、前方或根本可能是虛構出來的彼端來得沒價值。卡爾維諾（Italo Calvino）說我們認為「重」的文學作品才有價值，是因為人生本質的沉重、苦難與混濁。但他提醒我們那些真正能夠帶著女巫飛行的，空桶、掃帚等庸常家庭用品，正是來自於它們的匱乏與輕盈：「讓追求輕盈的歷程成為對生命之沉重的抵抗，文學是對物的恆久追逐，也是對變化無窮物的恆久調適……而這是我們唯一能理解的現實。」

我們離開了那個不要輸在起跑點、振臂狂飆的年代，迎向後現代。在一切都無重量、無厚度的靈光消逝時，總還想記下一些什麼。可能無關乎去國懷鄉。本書的輯一「青春考」將城市空間作為青春的註腳；輯二「濫情書」則將璀璨戀情歪寫成另外一種忠貞與放浪；輯三「流光箋」重讀了那些國文課本教材裡文謅謅、卻一夾就散的經絡；輯四「上河圖」記下了火樹銀花網路和流行鏡城裡，轉瞬即逝的光痕。

或許我們距離那如煙火般妖冶的偏安年代已經遠了，但我更希望將這本書作為台北圍城內外的蘭亭集序，在市民大道、在建國高架旁的清明上河圖，那畫中就是你我，無憂或微憂地在流光熙攘人群中，擁抱，聚會，談笑或落淚。那就是我們的樣子，脆弱卻又強悍，興奮卻又感傷。我想我們這一代會繼續著麼彎曲迂迴走下去，披荊斬棘，然後抵達一切意義背後的意義——或毫無意義。

目次

輯二：濫情書

輯三：流光箋

輯四：上河圖

輯一

青春考

你們騎著腳踏車，背貼著背穿過濕黏溽熱的操場。為了青春和類似的什麼著想，還好這世界上沒有時光機。

1999

Ｗ告訴你，因為一些什麼緣故，她非記錄下這座城市不可。

雨後水融融街道的美學經驗，她卻差點罵出髒話——鞋跟就這樣他媽的陷進人行道縫隙中。驚詫下原想撥打與青春期年代若合符節的市府熱線號碼，低頭才發現那是某種鐫刻詩文的裝置藝術。惟她頭上腳下、由西向東，故連主詞與賓語都分辨不出來。當然，她更弄不清哪一任市長宏觀的文化政績。無庸置疑，這城市瞬息萬變，彷彿若有光。

雪亮花房般信義誠品旗艦店哪時多出一館，盡是異體訛字。麵包的面，後來的后。Ｗ總覺得名曰「旗艦」科幻感十足，常幻想著這樣穿過霓虹ＬＥＤ綴飾的溫暖大空橋時，遇到黑武士或宇宙警察——邀她移駕艦艙擔任星際盟主。下方臨時搭建的舞台有偶像天團表演，稚氣未脫。

獒犬看這裡，王子好可愛！錯身時眼妝如宇宙人的美少女嘎啞鬼吼，與她無以區辨的同裝同臉偶像混戰，謳歌消費文化。W向來對罐頭式藝人鮮少同情，卻想起一則數學習題。小明出發時時速六公里，小華比小明晚兩個鐘頭出發時速是八公里……到底要多久才會與那些異齡異時空的世代交會……

沒注意間，城市孳乳出新口號——「節能減碳共體時艱」。怎麼算字數都一樣：保密防諜人人有責。莊敬自強處變不驚。就像寫字練習簿裡釉綠色的格線。「作個活活潑潑的好學生」看來是力猶未逮了，而當個堂堂正正的哪裡人又怎麼都想不起來（倒是剽悍草根的立委總不知從哪翻出作業簿來召開記者會），宛如那座現在已失落了名字的紀念堂。

她沿著空橋一路往北、捷運站方向。小綠人與彼岸楊丞琳的大眼睛相映成趣，玻璃櫥窗裡的奧黛麗赫本風華如昔，只是長澤雅美不知何故面對人們嗔怒，杏眼圓睜。巍峨電視牆前，差點誤以為是熟悉的擬像中華職棒，後看清條紋球衫才覺察乃代表我國鏖戰的台灣洋基隊，天涯若比鄰。打第一棒的隊長基特像是忽聽懂她的詩般大棒一揮。

並非迎合政令，但W總回想起那年，能量宛如萬有引力，用之不竭。且搭配世紀末，名正言順，就算非留晚自習但制服都不換就夜奔廣場，夙夜匪懈，決心以仁愛松壽路衢為家。她臆度，當年無殼蝸牛星夜露宿介壽路、抗議萬年老賊的紀念堂學運、或多年後才發生的選舉無效、天下圍攻、納斯卡線……大致與這條朝聖路線相去幾希。

•

那晚她們循仁愛路往西走，如果記憶竄漲的編年體不迷路迂迴、不爾虞我詐，記得是年敦南誠品首開先例，全天候不打烊。至於美國務卿宣布因幻見的毀滅性武器決定再次空襲伊拉克，北韓試射的導彈飛越日本領空……這都是後來她從百科全書中輾轉聽來的大新聞。她記起童年也看過類似的秀，魔術師當著好幾架直昇機的面，讓自由女神憑空消失。因過於百無聊賴，甚至沒發現這場秀就是一則關於時間與歷史的小寓言。

一如預期，蔡依林受邀擔任跨年貴賓。當時仍兩頰圓潤的她尚未練就一身肌肉、倒掛金鉤。在滿城對嘴合唱新歌震天價響時她在想——是不是，如果旋律還在延續，青春就會一如往昔。

周遭戲稱她們這一代為天災世代也是那年。W還記得城民勾眼相望——市府廣場前以八位數字倒數千禧年的液晶螢幕歸零一瞬。誰料深夜的地動天搖竟比新紀元還率先造訪。更難忘四年後的畢業典禮，二〇〇三年，光憑照片實在很難向遲到者敘說——何以大夥拍照時總保持那樣的距離、何以一彎又一彎的分隔線外有類似《駭客任務》的國安幹員緊盯掌中紅外線槍、何以大夥非緊罩個鼠灰色N95口罩不可。

到後來她仍沒弄清楚，那一連串的災難：盛夏之際的大停電，分區限水，以及重層鏡城裡搬演的——因搶購凱蒂貓、小巨蛋門票或環保購物袋而失控、潰堤、傾軋的民眾——宛如血流浮杵的好萊塢特效、核爆，或眼瞳轉瞬就發生的自殺炸彈客攻擊。大瘟疫、大浩劫，大規模的卡夫卡、米蘭昆德拉式恐怖、荒謬劇。不禁要問，神諭裡羅馬城應許的太平盛世，是否還依稀可企？

慶典與災難何其相仿。

•

後來W常回想那晚一起跨年的姊妹淘。許多年來再沒機會，靠著女孩小小身體砌垛起來的輕輕軟軟的牆，彼此纖細乳房如重疊般地靠在一起。

記憶中W和她們抱在一起，一直一直，不知道過了多久。她看到了誰先感動地哭起來，自己也鼻頭酸楚，差點熱淚盈眶。她事後回憶，將一九九九的跨年那晚感動如降靈的經驗，歸咎給五月天阿信模稜周折的轉音。告別午夜的南瓜馬車。公主的玻璃鞋。盛夏的最後一片荷花池，搖曳生姿。她們輕聲跟著阿信瑪莎和——那首在記憶中流行了好長一段時間，名為〈擁抱〉的情歌。人潮始終不願退散，宛如過了節令仍在浪裂線邊擺盪不褪的、鹹鹹的海水。

她也還一直記得，當阿信唱到最後，仰起顎骨，忘情地哼了好久好久的轉音。幽黯低迴，縈繞不絕。就在誤以為這首沒有休止符的樂章，永遠都不會結束的時候，旋律戛然而止。之前也有類似經驗，畢業旅行最後一晚，遊覽車將這群台北小姐帶離市中心，來到一荒煙漫草，僻靜宛如異國的海濱。她和姊妹將訓導主任的禁令，視為出於後青春期的虛張聲勢，一群大女孩蹬著夾腳拖，趁熄燈空檔，跨過封鎖線。哪個孟浪形骸的女生，還偷帶來好幾手啤酒……只差沒升起篝火，掩耳盜鈴。女孩們聊起永遠考不完的模擬考、鄰校的男孩、上次聯誼後，哪個色女背著姊妹們偷坐過誰的機車上了陽明山……通宵達旦。忘了當時她是喝得多茫，或天真地太過世故，竟然執拗地抓起滿手的沙礫，精衛填海似的，誓言要把眼前的整座沙灘，一粒不留地全給丟進海裡。

逞凶鬥狠的大女孩，蹣跚歪斜地走到海水中。骨瓷般的裸白腳踝浸泡在冰冷海水的剎那，才發現剛才緊揪的掌心中，竟空無一物。那些緊緊抓在手中的，就在渾然未覺時丟失、離散、潰解、隳壞……最後一章回的通過儀式，幻滅與疼痛，然後勇敢地長大。

與那段無以名狀的青春，若合符節。

終於，將睡未睡的W在漫天竄漲搖晃中驚醒，夢境與非夢境彌留感伴隨來鋼筋瓦礫扭曲的聲響，拔城毀國。以怪異姿勢躺在床上的她，就像正體驗著遊樂園中什麼驚險刺激的設施般持續與瀕死經歷對抗。搖晃結束後，她昏沉沉擰開新聞台，明知是重播時段但目睹電視中的年輕情侶在小油坑的旅客中心前，勁搞搞把髒灰色的殘雪疊得老高，依舊感到莫大違和感襲來。一幕一幕經由迢遠未來、透過預錄功能內建的歌舞昇平就這樣突兀地播送——猶有愛、有話語、有紛飛的雪景與戀人，家園靜好，濛曖煙雲。一齣過度贗造的實境秀。造假的記憶礦脈岩層、黑心商品。以考古錘旁敲側擊掘出——過度平整而猶如異形的肌理紋路。

我非記錄下這座城市不可，W說。在它如預言般隳壞之前。

明日世界

當手機螢幕顯示亮起稀少來電、現在當記者的同學名字，唐突跟你說：他因為隨行訪問，目前人在圓山但還算安全、無須替他擔心……你恍然記起畢業多年的哀樂際遇。只是不太確定——現在的他還是到處跑新聞的小記者，或已早升職成了那種決策型大人物。你唯一肯定只有：他所說的「圓山」，斷然與那座你們這個世代共同擁有繁華美夢的遊樂園，毫無關聯。

你依循他的指示，擰開電視機，畫面不斷播送某個遠方叢藺島國的一些新聞。某種血崩宮縮般的腔膛內部疼痛，透過SNG車傳送過來：石塊、雞蛋、水瓶、喇叭罐頭、旗竿、廢棄物、看板……從看不到身影形體的攝影視域、以難以預料的彈道、拋物線、弧面而化身為大規模毀滅性武器。你邊盯著畫面邊悠哉搜尋字幕，想知道眼前充斥赤膊漂撇漢喊殺喊打、血賤五步的第三世界抗爭暴亂活動——是哪個小國的反政府軍為了石油管線還是與美國和談的議題，所引發的恐怖攻擊行動。

一直到很後來，直到電視畫面中的夜晚零時差降臨，直到你終於認清楚人群與鎮暴部隊背後的路牌、雛體、建築物，那些你也喊得出名字座標，就在距離你住處不到半小時車程的公共空間——景福門、美術館、中山橋、四方型黃紅相間巍峨的圓山大飯店……你才發現這場暴亂一點不遠，就位在你的城市。

同學告訴你他目前身處維安鎮暴警察的第三層防線內圈，聽不太到外頭陣天價響的汽笛喇叭，告訴你這算不上什麼被軟禁，新聞有些誇大其辭了。最後他停頓半晌，支吾半天才告訴你，原來你和他身處的是多麼和平的年代，幾乎無從去想像或再現長輩口中的鎮暴、警總、汽油彈、自焚與漫天暴動的日常光景了。

一點也沒錯，你們壓根未曾目擊、也不願目擊這可能會成為新世代傷痕文學承載體的大時代。

新聞主播繼續著帶狀更新，每隔二十秒就提一次「圓山」。根據歷史考古知識，圓山此一地名命自上世紀的殖民者，推本溯源，乃翻貼自他們的原鄉京都。旅行時在導遊引導之下，你曾造訪過「真正的圓山」——典型和式的賞櫻勝地，庭園造景，一切靜好有如夏日煙塵。但置換到了台北，童年記憶的圓山一直都等同你們的迪士尼樂園——輻射飛椅、碰碰車、咖啡杯、旋轉木馬上畫著十大建設……那時你們怡然自樂，不知凱蒂貓無論米奇鼠。

你猶記第一次去圓山兒童育樂中心，恰適昨日、今日和明日的三大世界造景落成。躬逢其盛，你和孩子們在昨日世界的茅草房與摩登原始山頂洞人的模型間，大吼大叫、狂奔亂竄，在你已忘記有什麼設施的今日世界躲貓貓（更後來，聽說該處已挪作花博會場），就在你終於察覺，原來所謂科技末世感十足的「明日世界」，與當時所謂的3D立體電影，不過僅是仰賴一只貼了紅綠色鋁箔玻璃紙的硬紙板眼鏡時，你們就像傑克豌豆故事那樣，一夜長大了。

孩提中的記憶，記憶中的孩提。只是你真沒想到，當樂園裡的「今日世界」成為昨日陳跡，而你們夢寐引頸的明日世界終於正式到來之際，竟是電視裡滿目瘡痍實境秀。人們的姿勢、表情、滿嘴髒罵，混搭以極度違和、怪異的服裝行動與脫序。現場直播中，面目猙獰的人們宛如野生動物，跳上了車頂、狂奔、絕叫，像極了那幅人類進化史蠟像館裡，在農耕、畜牧、採集之前的獵食方式：一群原始人赤身裸體、齜牙咧嘴，只憑徒手擲石塊就妄想撂倒對峙的假長毛象……

你終於忍下了那句沒問出口的話。遊樂園還在嗎？那以歡笑、童稚、幸福與青春共構的遊樂園怎麼可能還在，如果早知道眼前的末世、崩壞潰堤景觀，就是真正的「明日世界」。那麼，你非得去警告當年的才六、七歲的自己，那個緊盯著簡陋3D電影、嘆為觀止而著迷發楞的男孩——不管說什麼，都別把紅綠塑膠紙的眼鏡摘下來喔！

制服日

故事要從你的小表妹說起，某天她發奇想，遮掉白制服領口私立女中銜稱，然後逢人就問，「你不覺得、我這樣很像中山女中的嗎？」滑稽的形象，讓你回想年少時，補習街巷弄最深處的華麗場景：一座空間幅員遼闊、卻宛如失壓深海的悶嗆教室，擠下整整三百個學生，前排漏夜排隊劃位的明星學校女孩，依據制服的色系，整齊劃一的魚貫入座——寶石綠、骨瓷白、萊姆黃、蘋果青，就像光線通過三稜鏡折射，像古老宗教中不可僭階的種姓制度。

你們在狹仄的走道與女孩錯身，故意把筆或者是講義推落高腳椅，丟入前排的座位，或更甚者，在講義撕頁、或筆蓋夾上紙條，歪斜醜陋地寫上「要我的電話嗎？」或「等會下課請你吃赫哲樓下虱目魚羹」的搭訕留言。擁擠的空間盈溢著荷爾蒙的氣味，和那些蛋白質核酸泡沫生成然後破裂的輕微聲響。

於是整個青春期循環，關於不同女校制服的顏色，襯衫內裡摺出的胸罩痕跡，揣想著那根本看不見卻成為慾望投射的單薄蒼白身體，就變成你們熱衷的春秋盛事。把女孩所屬的鮮豔制服，製作成班聯會發行的紀念徽章，驕傲地別在草綠色的書包上；把連桌椅旁邊的「□□高中」的「高」加上提手旁，「中」後面補註進「山」這個關鍵字……搞中山，啞然失笑。年復一年，屆復一屆，以情色笑話夢想與意淫建構世界的男孩，好像沒有更新一點的創意了。

待在大學夠久，這才發現大學制度裡學生熱衷的、一個名之曰「制服日」的節令。在這個神聖時間、通過儀式，大學生從機器貓百寶袋中，撈回積塵褪色的高中制服，穿起來，然後走進大學的階梯教室。學生們，尤其女孩子，更以極後現代的拼貼技法，把青春符號給發揚光大了。她們化的是朝暮浸漬的時尚ＯＬ彩妝——粉桃腮紅眼影，金蔥眼線唇蜜，長項鍊大手環耳環，蹬希臘風的綁帶涼鞋，卻配合慶典，真給穿回了樸素的高中制服。百摺裙及膝，制服襯衫悶厚不透氣。

於是乎，懷舊的圖騰和時尚的品味，衰老又華麗在教室成了變形金剛，她們純真而世故討論著，關於「誰的襯衫是（訂）作的」或「某某某已經穿不下百摺裙」……小雞牝鹿似的咕咕笑倒。

這一整群濃妝豔抹，日常總穿搭熱褲細肩帶，或潮衫潮褲，頭髮抓得巍峨尖聳的花樣少男少女，選擇在這一天，遵守校訓，團結且榮耀地穿回了當年說什麼都鄙夷的制服。襯衫紮得整齊不紊，以藍線繡的校名學號氣宇軒昂。在這樣的唐突與不穩定之中，你發現其中幽隱的和諧。

歸根究底，這不過是對遠行青春的逞凶鬥狠，只是這份強悍，多少隱含了虛張聲勢的成分。那並不像科幻或愛情電影的字幕卡板，一年後、三年後或是五年後，迢遠時間被草率的摺疊濃縮。事實是——光澤熠熠，卻轉瞬即逝的黃金年代，隨著制服的暈渲泛黃，扯斷的線頭、擦破的領口……終致無以重演。像一齣重播再重播的球賽，忽然有了新的進展，十局、十一局、十二局，球員們開始無休止的延長加賽。

我們說時遲快，被推著跑離開了那座如監獄般圍牆高聳、禁令繁縟、還規定不能離校買午餐、朝會遲到被風紀點的爛地方、鳥地方，從此禁止進入。外套改了款式，毛衣更動色澤，舊的五碼學號不再使用、或分派給新一輪的學弟妹……

這無以承受之重，教人情何以堪？

這麼說來，「制服日」就像其他重要的傳統節日、典章制度，內建有療癒意義。誰能不對被記憶截成片片斷面的「光陰的故事」，懷著幾分惆悵緬懷？至少我們還能趁機翻找出舊制服，洗淨曬飽，看著那意味深長的三條橫槓，讓它英姿颯爽，在盛夏大太陽下閃閃發亮。別忘了，「制服」這樣的一個詞，同音異訓，還有「（被）制服」還有這一層轉喻——於是我們選擇了一個時空節點，再次對無限透明的青春俯首臣服。這大概就是「制服日」的由來……只不過這麼一個熱情拳拳的儀式，這下子卻多了幾分嫉妒、羞赧與感傷的寓意。

廣告年代

你從小就發現自己是很容易受廣告文案影響的那種人，腦波孱弱，在電視閃燦燦的畫素叢裡，還滯留在青澀歲月的藝人們照稿唸出的、而今聽來怎麼都違和的廣告詞中。

說到廣告發展流變史，意識形態公司製作的「司迪麥」系列，自然得寫上一筆。「貓在鋼琴上昏倒了」、「幻滅是成長的開始」或何篤霖堅毅眼神的「我有話有說」，到手心被藤條揍到紅腫發燙的小女生，大眼睛圓亮圓亮隅望前方，「請問部長，哪種護手膏比較好用」，這種逆葛蘭西、後法蘭克福理論型態的廣告提醒我們：廣告不只要賣商品賺錢，更貼近哲學，政治，身體，或像一首詩。

你印象中有幾年廣告特別有深度，像當年沸揚的飲料廣告「只要我喜歡，有什麼不可以」，在尚無國家通訊傳播委員會檢查機制的年代，爭議頻仍。而百貨公司廣告的「禁慾是時尚的敵人」、刮鬍刀廣告的「要刮別人的鬍子前，先把自己的刮乾淨」，要嘛女性自覺，要嘛陽剛神話，誰拍誰誰演誰都得像誰，深植人心。

除了經典以後，你反而更記得那些直白淺顯，明確言說商品特質卻又朗朗上口的廣告詞。像「黑瓜脆，汁開味」、「鬱卒的時候來去悟智樂園」、「珍珍魷魚絲，真正有意思」、「請認明三支雨傘標」、「小乖乖桶送壽星，大乖乖桶請同學」，大概那時候能抵抗腦波牽引者少，宛如磁力線般，全班每個月都還真能吃到幾次乖乖桶裡的乖乖軟糖，甜而膩，用力嚼又黏牙，就像那令人懷念的美麗時光。

你到現在還會唱好幾首當年的廣告歌，然後驚覺，啊！現在的廣告都不再配兒歌來唱了。像「豐年果糖，是好糖」、「豆豆磨來磨去，磨來磨去香豆奶」、「大同大同服務好，大同產品最可靠」或「肚子餓了咕咕叫，全身無力不能跳，普通麵包我不要，青葉滷肉飯，香得不得了」……你那時候還硬賴著媽媽，買了豐年果糖來摻吐司，帶回來好幾罐青葉滷肉罐頭配白飯，買乖乖為了裡面的砲彈飛車；買滿天星為了把它當成指環帶手上；買雪克33也非得搖33下不可。孔雀餅乾一定要沾果醬泡牛奶，還會拿著孔雀卷心酥、和越冰越好喝的味全果汁牛奶放冷凍庫結霜。時間具象化成了陽光下閃跳的婆娑樹影，蒙太奇那樣，剪接好了的下一段盛世。

就像那則口條流暢的底片，或「再忙也要陪你喝杯咖啡」的即溶包，即便我們已經不用傻瓜相機、或改去星巴克外帶拿鐵而不自己沖泡三合一咖啡了，它們終究抓得住你我。有時候是一句廣告詞替我們抓住了人生的況味，只是我們也跟著廣告年代一起老了。

詐騙之城

「幹我們這一行，等於是在詐騙。」業代ㄌ這樣對妳說。但他說話時，一點也沒新聞畫面裡：車手馬伕接線員或首腦的分工細膩詐騙集團遭警方破獲時，安全帽、圍巾、香奈兒提包緘頭遮臉的窘迫樣子。

業代ㄌ告訴妳，這跟埃及藍湖泊或城市天際線無關，「術語越多就越像真的，可不是？詐騙電話不都告訴妳：關於退稅、法院傳票、檢察官勘驗、封存、盜刷信用卡或作一個帳戶扣款沖銷的動作……」的動作，隨後我們進行下一個被訛被唬被愚弄的動作。

真的就像業代ㄌ說的。貝聿銘，安藤忠雄，羅浮宮，雪梨歌劇院。小時候妳也囫圇讀過哲學書，說子宮就是人從初的小宇宙。在子宮廢棄隳敗後，我們開始追尋永恆的家屋，把星球和極光都收納進來，盈盈滿滿的，我們的繭就蟄居了一整個世界。

現在我們可以克服永恆的鄉愁了。業代ㄌ又說，而且配合政府奢侈稅和青年首次購屋優惠貸款，頭期款六十九萬起，輕鬆入住全球化與在地化結合的浩瀚宇宙。

「打造妳自己的子宮，多好的詞？」業代ㄌ說的建築師名冊才只是術語的其中一部分，但現今買家豈會輕易被呼攏？七八成都是投資客。捧著炒過紐約東京倫敦城市邦聯的熱錢回籠。愛鄉愛土、樂群敬業，沒什麼比回饋鄉里來炒房更實際。

遇到這樣的客戶怎麼辦？業代ㄌ說確實較為棘手。投資客盱衡世局脈動，洞燭雙贏先機，卻又在投資標的跟前，微觀調控，所以必須從這個建物的連動報酬率說起。

妳聽不太懂某某「率」的算法，機率本來就是無關痛癢、機巧湊泊的一門學科，像大樂透，像賭馬。業代ㄌ說這很正常，說妳在國外唸書久了相關算式定律大概慣看英文。妳心虛地說香港其實也不能算國外，只是殖民帝政遺風，接軌全球化的學程制度。中文術語聽來吃力。

妳說妳在中文大學也修過經濟學和市場行銷，Economics，Marketing，只是沒討論那麼細膩的驗算公式。

業代ㄌ說其實他自己對老掛嘴邊的鋼骨建材、避震結構、公設比、容積獎勵率和建蔽率……自己也一知半解，但重點在於說出術語一瞬的堅定表情和眼神流轉。妳跟著業代ㄌ走進他自己位於精華地段的家，他更進一步展示給妳術語之幻影蜃樓。

業代ㄌ指著到處亮晃晃的裝潢、廚具、地板、隔間櫃，妳幾乎沒法準確替他的流利口條斷句：柚木鑴雕防塵耐熱磁磚，千鳥格紋莎草紙壁簾，乾濕分離浴室，陶瓷按摩浴缸，無罩式鹵素採光燈營造間接光源，複合型全智慧內嵌廚具組、地中海Villa風骨磁白牙床柱……

說到主臥室大床時，業代ㄌ意味深長望著妳。那視野幾乎要燻嗆妳，妳想起邀妳去香港玩的老男人，也有雙如此挑逗和猥瑣的眼瞳。

妳抵達香港十分鐘，機場快線才過欣澳進入青衣島，就被鴿子籠式的摩天彩繪小方格驚怔。疊，床，架，屋，如果這個成語如果不是以墨濃字跡寫在白皙宣紙，而是被具象化，就像小叮噹那隻可以將語言變成真實塊狀物的空氣砲彈，那麼，它就會蔓衍支架成眼前之活生生光景。

後來妳才知道青衣島不過是新開發區的一隅。大坑，屯門，觀塘，牛頭角，每一幢建築如變種奇樹，枝椏竄漲遮蔽蒼穹。妳對於「蒼穹」或「穹頂」這種原本用來形容遼朗草原所見的廣袤天闊之類的詞，能不能用之於斯，其實非常懷疑。

太平山眺望維多利亞港夜景，閃閃熠熠的，終究只是明信片裡的郢書燕說。轉過身，掉個頭，山的另一端壓根不是那麼回事。香港房價以呎計，那身不得側手不得旋的空間動輒數萬港圓，太不思議了，你所知的任何詞彙來形容：乾癟狹仄窄縮扁隘……都不夠用。

東方之珠，維多利亞女皇王冠上最璀璨的珍珠。可不是嗎？業代ㄌ說大倫敦切爾西區一坪房價上看六百萬，九龍尖沙咀中環的新建案緊追其後。妳和香港男人在他位於荃灣小單位的單薄行軍床翻滾，妳壓抑著歡快與疼痛的絕叫，隔壁住戶鐵定聽到了。那是妳的第一次，貞血精液就滲進六呎見方的木質地板縫隙裡，抹也抹不掉。

一呎到底有多寬（寬這個問法應該很不精確）？充其量就是妳雙手撐開，單腳墊起，以芭蕾舞姿旋轉的空間。就像童話裡被詛咒而誤穿紅舞鞋的女孩，說謊原來會成癮，只能這麼獨舞，至死方歇。妳會跳芭蕾？業代ㄌ問你。當然，妳趕快點頭。

「跟妳們這種天之驕女比起來，大多數的年輕購屋族其實袋囊羞澀，」業代ㄌ邊推開外展式旋轉窗，邊告訴妳。他應該想說阮囊羞澀，「我會背好幾句新建案的廣告詞，不信考我。在巴黎的香榭大道，在摩納哥的蔚藍海岸；只有天生的貴族，和來這裡當貴族的人；數以萬計的人們，來這裡體驗一種全新的萬有引力……」ㄌ念起來快速流暢，抑揚頓挫，像松尾芭蕉的俳句，或一首十四行情詩。

「所以，他們也輕易誤以為真。要知道：所謂的副商業都心，其實只是河岸回填的重劃地，地層有下陷的危機；至於廣告所謂的仿巴黎、杜拜、地中海岸造景的案子，也就是延伸出去一坪半的露台，兩棟間設中庭，還因此向營建署變更權狀，提高了百分之八的公設比……」，業代ㄌ邊說著邊要妳望下看，這就是廣告所謂的「萬坪大街廓」。一點不大，也沒萬坪，倒是荒涼如古老的城廓邊境，一片孤城萬仞山。

業代ㄌ一手按著下面荒涼、甚至有點黯淡黝黑的工業區，指尖宛如哈利波特的魔法棒，還外掛高科技3D電影技術，彈著畫著告訴妳：左邊以後是捷運環狀線，五六七八鐵共構，偏上面一點就是快速道路，南北通衢便利的一日生活圈。妳好像真的看到未來的通勤壅塞車潮和繁華盛景。栩栩如真，車如流水馬如龍。

可能是業代ㄌ營造的氛圍和他的聲線都太過魔幻，以至於妳幾乎沒察覺到他的另一隻手柔柔輕輕摩娑著妳的脊椎尾骨，腰臀接榫的性感三角區域。那裡的容積建蔽率要怎麼算呢？妳只覺得腹部更下面一點的臟器深處，有一團粉紅色系的火焰，緩緩蓬鬆著，接著閃跳燃燒了起來。像膠卷底片被火焰灼噬的一瞬，冒凸起的醜陋泡泡。

妳和他就在待售屋的地板上做了，沒電沒空調，只有一草蓆床墊，業代ㄌ熱汗涔涔滴燙了妳，這才記起他的妻子就是妳以前的直屬學姊，這就是他跟妳搭訕的理由。算了無所謂，妳也騙了他。妳從沒出國留學，職業不過是化妝品櫃的櫃姐，勾搭上香港觀光客，錯信對方是闊綽富商。香港男人帶妳去沙田看賽馬，興致索然，就跑到隔壁香港中文大學閒逛，回來對新認識的朋友開始謊稱自己的行銷管理碩士學歷。

感子故意長，業代ㄌ卻毫無持久度可言。妳皺起小臉騙他說，北鼻你好棒。所幸剛剛留的國外手機號碼也是贗造的。上海香港倫敦的電話妳根本不知道有多少碼……

後來妳途經業代ㄌ帶妳參觀過的——他幸福奢華的甜蜜家庭，或許這趟路線規劃刻意了些。仰頭迢望，目極千里，只見豪宅華廈外掛了出售的艷黃立牌，那只不過是他們公司的托售案，去你的巴洛克象牙床柱和按摩浴缸。

但有什麼能相信的嗎？在這危如累卵的，詐騙之城。

新公園

二二八和平紀念公園本來叫新公園，「新」是與一八九七年落成的圓山公園相較。現在除了紀念碑之外，它大概一點不新了。一九一九年市區改正，新公園舉辦過台灣博覽會，博物館舊址就是兒玉紀念館，隔壁即台北放送局。這種維基百科謄錄的知識誰都查得到。你曾在上野公園看到一式樣類似空間規劃，步道輻輳進入中央的東京國立博物館。觀光客走在公園裡，若無其事襯著西鄉隆盛、野口世英博士的銅像比畫、揮手、自拍鬼臉，你覺得隆盛公牽著薩摩矮犬的怪異比例，一點也沒明治維新的時代氣魄。

空間被另一個空間覆蓋，或仿製那迢遠故（異）鄉的造型，然後墊上複寫紙，刷刷刷地，寶藍色墨漬渲暈開了，像一顆剛生成的星球。

就像後殖民學者喜歡講的、羊皮紙的隱喻。在複寫羊皮卷之時，必須將過去的字跡先刮除再重寫，然而過去的字痕依舊留了下來，與新的律令交混雜揉。台北放送局後來成了台灣廣播公司，與二二八事件有了鏈結。歡騰的慶典交換成了族群的創傷，全部被寫進了這張塗塗抹抹好幾次的異質場所。

當最近新聞說公園裡被塗鴉，且以對同志辱罵和髒話居多時，你更想起了這隱喻。羊皮紙幾經刮除、重寫，光痕斑駁再難辨識了。

高中時代，你們大夥要從位於南海路校園走去補習的南陽街，必得經那時還名之曰新公園的公園。確實，那時挾帶恐同症的髒話、唬爛話多了，幾難勝數。反正青春嘛，什麼都會被原諒的放肆和無反顧。像是走在公園裡會被大叔跟蹤，最後問你要不要來鬆一下；如果看到情侶千萬不要回頭；最驚悚且貼近生活的：說隔壁二年五班的那個光頭赫哲下課後尿急進去找廁所，第二天早自習才出來、而且屁股很痛……

諸如前述，從沒人求證真偽，但你們仍謹記「再怎麼尿急也不要去新公園噓噓」的格言。這是男校粗鄙卻也肆無忌憚的記憶。與創傷或國族大義好像沒那麼大關聯。

但漫長路途偌大公園，你還是偶爾犯禁。男廁確實有幾個性別混淆的花美少年梳妝擠眉，你嚇得噓不出來，手都沒洗落荒而逃。後來才學了幾個理論名詞的你有時會想：這到底算不算創傷經驗？算不算國族寓言？

新聞痛陳塗鴉與孩子的教育不能等之後，說，「水池會不會像黑板一樣被抹乾淨」，你想這記者還真不懂理論。黑板擦乾淨了，只會剩下淺淺的粉筆灰。我們見證了這張得以不斷覆寫的羊皮紙，只是記憶中的歡快、創傷、還有以前好像可以、現在又不對了的共同體經驗，佯裝熱情、漠不關心，或謹言慎行。

比起雕像、偉人或紀念碑，你更懷念那立可白塗上去的字痕：□□娘、□□我愛你或徵友電話，在教室木桌、廁所門後、最後一排的公車靠頭軟墊上。誰衰尾給抓到了，得由教官狠狠盯著，被迫留校且跪著、拿用安全小刀片刮刮刨刨，將髒字眼清乾淨，一點痕跡不能留。

至少那些字痕青春依舊，小小的叛逆和作惡，好像對抗了一些什麼似的為非作歹，然後若無其事地長大。這一代的憤怒鳥青年大概是不懂了，他們會嚷嚷、會起鬨，在臉書上發起活動說要群起抵制龐大媒體集團後，再趁機行事，投其獎、領其金。轉型正義，台幣何辜？文青說。

別人的創傷會不會變成自己的你不確定，但再怎麼關切的，最後都會忘光光，這比「沒在關切」還羞赧突梯。就像那件被你收進衣櫃、除了制服日或選總統外再沒機會穿的卡其色制服。當無限透明的地景變得那麼國仇家恨、那麼文謅謅，我也開始懷疑這青春會不會已經變成別人的了？

時光機

那時候天空還很藍，空氣很清新，一道雪白色的飛機雲弧線，潦草的下課鐘聲，幅員遼闊的外掃區，視野過度，好假好假，猶如海市蜃樓。

在梶尾真治的科幻愛情小說《克羅諾斯的奇蹟》中，罹患肺結核長期住院的小女孩樹里，在走廊的會客室邂逅比他大好幾歲的大哥哥。大哥哥開始對他說美國作家揚格（Robert F. Young）的小說《蒲公英女孩》。穿著特殊纖維的連身裙、一頭蒲公英髮色的美麗少女穿越兩百四十年的時空，在一座美麗的丘陵盡頭，與渡假至此的已婚大叔相遇。「我非常喜歡這個時空座標……」蒲公英女孩說。「在這裡我前天看到兔子，昨天是鹿，今天則是你。」

無奈故事還沒唸完，大哥哥英年早逝。多年後長大的樹里成了專門對抗罕見疾病的醫生，挾著高科技的現代醫療技術結晶的特效注射劑，決絕坐上尚在實驗階段的時光機，想拯救這段由太多懊悔與時差構成的忘年之戀。故事最後，樹里用罄了自己於此時空所停留的三天時間，電影風格般，主治醫師、院長、看護忽然一擁而入，要搶下樹里手上的還沒來得不及打完的針筒。你到底是誰，為何如此似曾相識？大哥哥滿臉狐疑。

「前天看到兔子，昨天是鹿，今天則是你。」樹里說。

一講到「時光機」，你腦海中自然浮現小叮噹道具中，那埋藏抽屜暗層如飛毯通過以扭曲時鐘走廊的意象。這機器街知巷聞，即便它至今還未曾被發明。你後來才讀到威爾斯（H.G Wall）十九世紀末寫成的《時光機器》，但書中的時光機還只是一個需要栓緊螺絲、卡榫，如蒸汽機般添加機柴油的粗糙機具。

你也不清楚是什麼時候，穿越時光旅行並改變過去未來的情節，無須再呆板又制式地和「時光機」搭配。電影《現在，很想見你》中，飾演鰥夫的中村獅童在六週間的雨季與再次見到亡妻竹內結子，但亡妻有如失去記憶，最後謎底揭曉，那是多年前竹內結子車禍造成的靈魂出竅，卻未料靈體穿梭時空屏障，在截面時間與未來的戀人預先重逢。

而在周杰倫自導自演的《不能說的祕密》中，則將樂譜裡的「反覆記號」，轉喻成為跳躍於時間洪流的內建功能。只為與戀人相會因而操弄戲耍時間的女孩，被以瘋癲視之，二十年的風雲消磨等閒度。電影最後周杰倫在斷垣殘壁、滿目瘡痍的琴房裡飛快敲擊琴鍵，浪漫導致崩壞，毀滅成就重生，完美結局是否可期？小天王以超越《滿城盡帶黃金甲》的人氣與票房，證明穿越時間與愛情的充要條件。

你細數那些琳瑯滿目玩弄時間魔術的通俗作品——早年的《接觸未來》、《黑洞頻率》，到《蝴蝶效應》、《記憶拼圖》、《觸不到的戀人》。姑且不論科普知識老愛掛嘴邊的不可共量性、蟲洞理論、相對論、多重宇宙分支定律或祖母悖論……這對於搬演戀愛和超時空情節的導演作家看來，根本事不關己。無論肩負什麼改寫時間大敘事大歷史的職責，主角回到過去未來的當務之急，終究是轟轟烈烈大談一場戀愛。誰都沒想到這個虛構的發明誕生之初，就只為完滿一齣又一齣的愛情悲喜劇，愛情與時光機的珠聯璧和成了銷售之根本，票房之所在。

而到了山下智久與長澤雅美迭掀話題的日劇《求婚大作戰》中，愛情和穿越時空被發揚光大。滿腔懊惱、悔恨去參加自己青梅竹馬女孩婚禮的男主角岩瀨健，邂逅拯救愛情的教堂精靈。精靈許諾健可以經由婚禮上播放的投影片回到過去，十一張的投影片讓男孩擁有十一話的機會改變過去。於是男孩不斷不斷地回到那青春正盛的截面時空——甲子園、校園祭、跨年、煙火大會、畢業典禮、最後一個夏天……在耀眼到不能逼視的歲月裡奔跑、懊惱、力挽狂瀾，勇敢地表白或者放聲痛哭。

日劇裡的男主角每次回到婚禮會場，目睹繼續進行的典禮，也間接確認著自己的失敗。「為什麼我每次回到過去，好像總是在奔跑？」男孩屢次向自己也向觀眾詰問。那飽滿的殘念、羞愧、不甘心的追逐，以為用空間的速度與橫移就可以抵抗時間的愚騃，不相信重來一次結果仍一如昨昔的落寞……這正是你我向青春臣服的方法論，也是那段流金般的錯位時差對我們所施展的——最最殘忍的大絕招。

你現在怎麼也記不起來了：那時候的電影票一張一百六，那時候萬年大樓電扶梯旁俗艷卻可愛的人型大玩偶，那時候瓷白的飛機噴射雲何以那麼耀眼，滿天星空的閃爍頻率，哪個穿著制服的女孩，緊貼著你濕漉的背共騎單薄腳踏車穿過荒蕪操場的傍晚，以及薰衣草的髮香在你耳際飄散的柔軟觸感。你說什麼也記不起來——為什麼自己面對著那麼澄澈的游泳池、那麼遼朗的操場、如兩大漆黑圓筒般的台北一〇一和那麼澄澈的星空時，竟然沒有如排演中的畢業典禮話劇般誇張地掉淚？

為了青春和一些青春類似的什麼著想，幸好這世界上沒有時光機。

三十自述

冬日清晨，用著常慣的電腦程式，拖來曳去，忽然跳出警告視窗，刪不掉曳不走，加上毫無法理解的敘說：「在新增格式重整過程中的必要性參數損壞（#A358FDD）」。大概是某一個記憶裝置、儲存格的壞毀，導致機芯承軸的無法順利運行……

年少時曾讀過佛家籍典，時間的梵文名曰「沙摩耶」（Samaya），古印度佛家認為時間呈格子狀，那可不是街衢那出租櫥窗格子，擺放零碎精緻小物件的攤店。過去，現在，未來，再細分。我們的生命在格與格之間巡走、跳動，像機械錶似的，卡搭卡搭，擺過了一整個世代。

你覺得這比儒家的「逝者如斯」精確多了。時間不像水，並不是流動著，而是忽然就跳躍了，一夜長大。我們忽然就熟成了，忽然就變老了。就像漫長的操場跑道，幢幢白線，你假裝不去看那些格線，假裝讓自己步伐輕盈，像童年的跳房子遊戲，單腳跳完換雙腳。

往前一格，再往前一格。

•

村上春樹說過一個很厲害的隱喻。如果說人類平均年齡是七十歲，那麼三十五歲這樣的年紀，就像是游泳池畔的轉身時機。不好也不壞，有些疲憊，卻也還能再游下去。你大概更悲觀一點，而立之年嘛，三十歲成了亮晃晃的標籤。它或許不比那七十八十壽誕冥誕，但依舊逼近你，殘忍，沒得商量。你隱忍著不低下頭，不偷看那條線。小心翼翼撇起身體，把重心壓在線上，努力不超過它，但你也知道等等起跑槍響一瞬，你非得向前跑去不可。

一開始可能只是手背的細微傷口，經日經週卻始終沒能完全癒合。然後，忽然想起一條紀錄，過去反覆背誦，滾瓜爛熟的——書名，年號，人名，典故，卻怎麼都想不起來……卻說什麼不願意翻開字典或打開網路的檢索頁面。退化，退化的解釋就是與巔峰相比的一種殘缺，衰敗，羞赧。

就像一條線。起跑線，轉身線，或捷運站月台邊邊，不得跨越以免造成危險的那條黃線。鮮鮮亮亮的，有點怵目驚心。

誰都難以接受身體與心靈的退化與衰頽。更何況你知道自己正處於某種邊際。就像少年時的大冒險，你騎著單車，揮汗涔涔，終於登上坡頂，眼前是一望無盡的下坡道。你明知道再往前一步，速度就要加快，剛開始時好像還處於靜止，然後緩慢地往下墜落。慢慢的加快，然後以令人恐懼絕叫，害怕地要閉上眼睛的速度往下奔騁而去……少年如你當時毫無覺察，這就是我們生命的隱喻。只是大無畏地踩動踏板，踏板早已比不上加速度，你們逆著風，以身殉道般的勇敢……

但你現在還那樣勇敢嗎？

回想起來，你當時壓根無懼於墜落，當然也壓根不曾想過那意外著地，血肉支離，或宛如煙火散射的恐怖場面。但當你開始往下滑的時候，卻心跳加快，雙腿觳觫著。

墜落，退化或衰老，本身並不可怖。惶恐的在於從壯盛到頹圮的轉戾點。某個折衝，津口，分界，某個細微到不能更微型的事件。

也就是「由盛轉衰」。

這個史學家專用的名詞，總與一連串的遺憾、歎逝安排在一起。唐玄宗開元二十八年，安祿山被任命為平盧兵馬使。開元是唐朝盛世的倒數第二個年號，再來就是天寶。事後諸葛，誰都看得出來這個錯誤的任命令，直接促成了帝國的毀滅。但真正恐怖的是一次性傷害的前置。安祿山接到命令，準備前往北方的前一刻，他才經過熙攘的長安市街——市集裡有大食僧侶表演雜技、吹奏或旋舞，粟特族的商隊帶來了水果、香料、雕刻精緻的器皿、奢華的純金燭座，交換工藝品如瓷器、燒窯、彩俑……這才真的是帝國由盛轉衰的一刻。

由盛轉衰，那曾經輝煌卻直轉而下的一瞬。那讓你不忍以對。

幼年時，你得了黃昏恐慌症。天黑本身並不可怕，早知道百鬼夜行的傳說，不過是恐嚇孩童的把戲。無以承受的是天光的逐漸黯淡，卻在你不注意的時候發生。於是說什麼，你每天傍晚都等在陽台，目擊獨家的黃昏經驗。上一刻明明還是黃昏，遠方木瓜牛奶色的天際線，橘黃橘紅漸層，忽然就暗了、滅了。海平面靜悄悄的，漁船船頭和尾翼，亮起一盞一盞熾燈。時間隱喻成了光線，色澤，溫度，或者是風吹拂過手掌紋路的感覺，變幻。

你從未曾如此，真正地、確切地這麼覺察到，月光真是冷的，寒且涼。本來總以為那不過是矯假文藝作品的形容，淡淡窄窄的彎月，被波浪推著拍著，碎碎斷斷，在光影摺疊裡，無聲潛行著。

這就是黃昏之景，歷來騷人墨客之所以悲不能勝者。那可不是作文老師大加針貶的，以黃昏比喻年老之陳腔濫調，美人暮遲。「哀」和「老」是兩義的複合詞，它們未必同時發生。你記憶所及最哀傷的例子，關於戰國的趙國將軍廉頗。廉頗退役了許多年，久居都城大梁，生活安逸，當趙被秦軍包圍，坐困愁城，趙王又想起戰功彪炳的老將，於是派了使者前往視察，看看廉頗到底還能不能再次受召從戎，披甲上陣……

這樣的視察本身就很輕蔑，很挫敗。我們現在也常說——談到死刑、基因工程或安樂死這一類的議題時——就要說：人憑什麼扮演上帝？換言之，我們相信身而為人的一部分無能。對於生死，對於身體的成就，以及損壞的這部分。你會覺得趙王要使者去視察的，不僅是廉頗「老了沒有」，還要使者去見證歲月、時間、曾經的榮耀與隨之而來毀滅。成住壞空，死亡總是無以迴避，死亡是我輩以生存為涅槃，以肉身作道場，之最終結局。

•

歧路亡羊，健全而美好的黃金時光，在不斷分歧的地圖裡，就這麼輕易地減損了——誰在期末的班會喧囂吵鬧，在補習街下課的午夜，在一群學生制服塞擠的大頭貼機裡，笑得過度燦爛，每張年輕的臉像是會發光似的……那些裁割下來的，八張十六張三十二張的小小貼紙，它們被塞到哪去了，任意貼上了某處的佈告欄，海報區，或塞進小男生小女生裝祕密的喜餅盒鐵箱裡，然後，就此消失。

然後呢？多年後的遷徙，大掃除，整理抽屜或翻找一張重要的單據時，它們從桌沿的縫隙刷地一聲掉出來。

一整個青澀年代，刷地一聲掉出來。

但你旁邊那兩個，黃衣黑裙，臉上雖有隱隱約約的青春痘疤，但未施脂粉，笑顏童貞無邪的女孩，跑哪裡去了？她們還會這樣開朗純真地笑嗎？她們還會不會跟你還有那些豬朋兄弟，蹺掉殷非凡的課，躲到樓梯間，你們陪她們逛德德，她們陪你們打撞球，看你們煙霧氤氳，也搶來哈一管，馬上就嗆到了咳嗽了，小小粉拳拍你捏你，卻還要抽，然後用纖細白皙的手指，模仿大人那樣的夾菸彈菸灰，漂亮，偽裝世故。

還有，她們還會不會像那年在包廂裡那樣，點了許美靜的情歌，唱到「沒有你的世界荒蕪一片／思念靜靜蔓延」的時候，婉轉拉著高音，煞有其事皺起眉頭？你好想回學校去。看R的文章寫那重建了，更新了，怪手進駐，鐵籬高聳，樹起了巍峨工地牆。不敢，怕找不著校刊社的轉角了，找不著隔壁的保健室，找不著寫了「建國搞中山，景美的好大」的立可白木頭桌，找不著那塊你們圍著簇著、擠髮雕、蹭香水，準備衝鋒重慶南路的大鏡子。

前方兩百公尺，重慶南路貴陽街口，有一敵方機槍陣地，裡面很多妹，請班兵掩護我，班長說。雖然還沒結束掃除時間，一群嘴砲兄弟就在廁所前的穿衣鏡前唱起來，夜色茫茫，星月無光，只有砲聲四野迴盪。

「我今天就要帶□□□去河濱公園打一砲。」哪個男孩風姿颯爽地起誓。

然後你盯著大頭貼，良久良久，那張不知道到底算重要還是不重要的、戶籍謄本、契約書、保險單還是扣繳憑單……好像也沒那麼重要了。

我們把每個年代，轟轟烈烈或根本日復一日的那種，用寫考古題、講義、筆記本才有的，密密麻麻向線，亂連一氣，變成每個細節。第一次一群小鬼在KTV包廂徹夜狂歡，在警察臨檢時躲進廁所；第一次的演唱會，煙火，喧騰騰，熱灼灼的第一次和女孩在濕濕冷冷的貴陽街口牽手，黏膩卻有點甜的吻，像童年竊來的咖啡櫃深處的方糖，好大好大，那麼一整顆，不能被大人發現，咕嚕一聲，全給含進了嘴裡。

屬於每個通過儀式的，青春皇輿全覽圖。

你終於恍然大悟，那是將青春正盛作為一種方法論的虛擲。索求無度，揮霍亦無度。

•

回到廉頗的故事，以及它悲慘的結局。廉頗的仇家更早一步扒探到這個消息，於是賄賂使者。而這個模稜蜿蜒的故事尾聲是——老廉頗拚了命，在使者面前自我表演，狼吞虎嚥了一斗飯，十斤肉，還身被著百斤的黃金甲，一躍而上馬，動作流暢毫不遲滯。我們幾乎不忍讀那一齣燭光明滅下殘忍的演出，老將軍宛如雜耍團的體操演員，危如累卵，作出難度等級最高的姿勢技巧，說什麼也要證明自己的老而不衰。

但收賄的使者補了一句，席間卻見廉頗解手了三次。這失禁的中傷，當然很惡意，它不僅是對於這叱吒沙場的將軍而言，更直指了我們原初健康清暢的身體機能。事實上，衰老與退化，真的就是以各種細微、羞恥、一開始甚無覺察的模式緩慢發生。不一樣了，晚了，忍不住了，損壞了，遲疑了。傷口癒合慢了，白日也開始倦了。本來緊實的肌膚、肌肉、器質，本來轉運順暢的臟腔腺體，卡卡的，塞塞的，然後什麼都不對了。像默劇，像每一幕以影格連貫的老黑白片。有些人在樓上，有些人在樓下，有些人走著慢了，滯留在樓梯中央往遠方眺望著。衰老就蛹與繭，緊密纏結在一起，撐破的一瞬間就毀滅了一整個世界。

白石一文的《一瞬之光》寫到，每次做愛的高潮體驗，都像經歷了一次小小的死亡。我們在時間的暫態裡匍伏前進，既沒能凝結成固體，也沒融化變成液態。身體，心智慢慢毀損，像太空梭升空拋棄燃料筒那樣決絕，輕飄飄的空筒在浩瀚宇宙裡，孤單的漂流，然後我們又老了、更一步邁向故事的終端——就像村上春樹的游泳池隱喻。

能不能不要就此轉身，能不能一直這麼游下去？

長安公主

漢高祖五年，西元前二〇二年，劉邦根據咸陽城的規模，在其東開築新城。西元前一九〇年，這座雄偉城池宣告建成，整個大漢王朝的萬世基業，寄託於這座城市，它也象徵著帝國此後的長治久安，命名之為「長安」。

但其實你要說的並不是這段位於崤山函谷關裡的老掉牙歷史……長安的記憶距離你們更近，更旖旎清新，伴隨著陣陣荷爾蒙迸發的水花，很像那年躲廁所偷偷抽菸，教官來巡，哪個白爛不小心將菸蒂拋進出去，掉進教官大盤帽的白爛時光。

在淘光磨洗認前朝的時間座標裡，最能夠那段慘綠時間之光圈焦距的，大概就是「紀念書包」。那與我們熟悉的高中生書包：草綠色，以端正楷書鐫寫的「□□高中」的那種，大相逕庭。

徵稿、票選、籌措經費，紀念書包的一切製作過程皆由學生經手，當然它粗糙了一些：以帆布為質材，縫線邊緣有些脫落磨蝕，但繡上的五顏六色字跡，不止蒼健有力，寓意也氣度萬千：我還記得那幾年母校建中的幾款紀念書包題字：天翼、紅樓才子，風塵駝客，南海天子……紅樓、駝客云云來自校園的建築物、制服的卡其駝色作為象徵，但「南海天子」何來哉？

眾所周知，台北市區的路衢街巷，不少以中國古今地理來命名，古今錯織，雄壯威武，儼然是好幾座偉大城市的最大公倍數。文化研究者很容易就從中覺察了大中國符號，空間變成了時間，地理注疏了歷史，古典時期的神州圖騰與文明就與我們當下生存的場所，珠聯璧合在一起。

那麼，南海指的是我們學校大門正對著的「南海路」，至於天子大概就是你們那輩睥睨群雄的自況，君臨天下，叱吒風雲。每每你們肩起那單薄薄、裡面的自修一頁也沒寫的書包，吊兒啷噹甩進許昌路、南陽街，密簇簇、高中生制服漿挺的大補習班裡，說多囂張，就有多囂張。和其他的幾校惡漢高中生互瞪、對嗆，就成了那個光焰燦燦年代的經國之大業，不朽之盛事。

但這種自我感覺良好的高調，現在回想大概就像藝人的那種豪門婚宴，炫富。我們當前的困境在於青年世代陷入均貧的淵藪，媒體卻整天宣揚奢侈：貴婦淑媛名牌時尚，砌疊成了不可攀越之高。於是乎「低調的高調」、「低調的奢華」這種非同一性語言被大量竄造。但何謂也？不就是欲蓋彌彰、掩耳盜鈴的把戲。

可以拿來炫耀性消費的東西太多了，財富固然好，但權力、知識、年輕的身體，甚至是紀念書包上的徽章數目（那時大夥的流行是，交了哪個學校的女友，就別一個該校的徽章，劈腿的自然就越別越多），不都能作為一種炫逞之物？

事後想想，那不就是個隨拋即棄的帆布包嘛。

雖說是拋棄式，但你後來翻倒舊物，發現眾多屆、眾多班聯會製作的紀念書包裡，就情有獨鍾留下繡了南海天子的這個。總覺得比起其他小家子氣的雕琢美工圖騰，它顯得縱橫捭闔多了。

直到好幾年終於才發現，你以防塵袋小心保護的時光紀念書包，竟是專以向隔壁女校表白的小男孩情愫。在該書包設計的幾年前，中山女高製作了一款樣板、底色、構圖都類似的書包，上面龍鳳飛舞、優雅的四個大字，標記她們長安東路之校址：「長安公主」……這讓你前所未有的感到失落。說到底，你獨賞的設計感、王者霸氣、青春綢緞截面，看似光明似錦，不可去直視的青春隧道光瀑，就這樣被刮除，都更，強制拆遷，改寫成向白襯衫黑褶裙女孩的致敬，或意淫，碎碎段段。神話年代，女孩頎長身影在絲路古城皺縫裡踽踽獨行著，長髮迎風飛颺……搞什麼，根本是騙人的嘛。

隧道出口，過度耀眼的光線瞬間刷亮，你瞇著眼睛望向遠方，一切景觀籠罩在白霧晃動裡，朦朧失真。歡迎光臨現實世界，海市蜃樓修煉成了時光殘酷物語。你突然想對遲到者、那些耀眼年輕的他們這麼說：

珍惜這一切。

它們或許還值得炫耀，但以後呢？

我愛周杰倫

聚餐時和同學提到近檔期的新電影，明明也是華語史詩等級，只因為某明星主演，竟換惹來驚詫叱吼：「不會吧，你喜歡周杰倫？」何怪之有，我們這世代不正是生於斯長於斯的「周杰倫世代」。

法蘭克福學派有個流傳廣泛的說法，流行音樂是無限的重複再重複，主歌副歌，旋律節奏，先破碎支離再重新組合，直到把我們變成社會的「水泥牆」。但事實、歷史、經驗與邏輯，卻常有與理論齟齬的魔幻時刻。有些時候我們記住一個年代，一段關於青春、夢想、勇氣與流光淘洗截面的最好時光，得靠一首流行歌、一個早已歇影封嗓的明星，或是那一段幽折縈繞、卻又無以比擬熟悉感的前奏。

雖然不知道上述的說法，是否有理論可徵，但千禧年之前的華語歌壇，確實是另一方光景。在未滿十八歲不得入娛樂場所禁令尚未頒布厲行前，你和未成年的男生女生，夜衝好樂迪，就為了點那幾首唱到陳腔芭樂的新歌。

他們可都是如今的新世代聞所未聞的一代巨星，燈光黯淡、菸香繚繞的包廂，誰蠻橫搶坐在點歌機前，忙不迭輸入通關密語，按出她的專屬歌本，偷瞥歌名欄目，皆一時之選：鄭秀文的〈值得〉，李玟的〈往日情〉，當時還叫王靜雯的王菲〈天空〉，許美靜的〈都是夜歸人〉、〈蔓延〉，許如芸之於〈破曉〉、〈日光機場〉，和徐懷鈺的〈妙妙妙〉。

名單尚在展開，悠悠恍恍，如淡忘的時間等長。陳慧琳、劉若英、江美琪、林憶蓮、利綺、柯以敏……第一刷版的花樣少年少女，人來瘋，脫鞋跳上KTV沙發，唱到「飛起來了怎麼可能救命啊我不要／快說愛我不然我會瘋掉」一瞬，音樂的節奏鼓點與嘶吼摻揉在一起，切換成響亮的青春隱喻。

還記得嗎？那十六七歲的女孩，獨自坐在螢光幕前，訕訕唱著「可惜不是你／陪我到最後」。年輕的模樣，卻硬要詮釋不屬於她的世故和感傷。螢幕的亮光折射在她們年輕透著靜脈的臉龐上，映成了塊塊瘢痂。我都不太敢想像：當那預錄的體會，幾年後成真的那一刻，她們可會擺出同樣的表情？

我自己的專屬歌本呢？多年後是否依舊在代際更迭的浩瀚時光資料庫裡，還是從此湮滅匿跡？四大天王自是朝聖之屬，許志安陳曉東無印良品，張洪量和莫文蔚的〈廣島之戀〉大概橫跨幾世代的記憶韌體，「不夠時間好好來愛你／早該停止風流的遊戲」……預先滄桑的意境，提早的孤單研習，就像當時新推出的預錄功能，我們的時代記憶就隨著這些「流行歌」蟬聯了好幾個月KTV必點情歌排行，收錄進九〇年代金曲龍虎榜……然後，我們也就老了。

接著，就是周杰倫世代。跨越千禧的那年，發片的歌手太多，幾難盡數。後來瘋狂練舞、如殘酷童話裡，誤穿詛咒紅舞鞋的地才天后蔡依林，才剛唱紅了她的出道曲〈我知道你很難過〉，至於首席搖滾樂團五月天的〈瘋狂世界〉，女子天團SHE的〈女生宿舍〉，療癒系歌手梁靜茹的〈一夜長大〉。阿妹的〈一想到你呀〉，李心潔的〈裙擺搖搖〉，范偉琪的〈啟程〉……也都在那年發行。

「周杰倫專輯出了，所有的歌都成了老歌」，同學怔怔說著。可不是？原本如鼓點俐落、節奏鏗鏘的舊世紀，歌手如雪天使空靈清晰的嗓音，都在周杰倫的模糊含混、半誦半唸的情調中快轉，然後刷地一聲，快轉過了花期。

我們用新歌去定義老歌，用他人的青春正盛去追認自己的年衰體羸，於是一個歌手，一首歌，兩句歌詞，就這麼輕易又精確地成為我們記憶與時空的座標，小歷史注疏大歷史。我們衝去站前的玫瑰或光南買了誰的新專輯，倏不及把它塞進而今比黑膠唱片還稀有的大台隨身聽裡，無論講桌前說的是上次的模擬考卷檢討；晚自習還沒結束，一夥人就翹頭，跑到籃球場邊，CD盒、贈品、歌詞本的遞來換去。

在那個還沒有線上遊戲、智慧型手機到處低頭的年代，很容易就發現星光太過璀璨，你忘了誰說的，他夢想能出一張專輯；是誰說的，他想要得金曲獎；又是誰說的，他別無所求、只願身邊的人都快樂幸福……會不會是那晚的夜晚過於清朗，而星空太過浩繁，以至於一切願望與夢想，都迷幻而不真切了起來。

或許，我們不是真的那麼愛周杰倫，但很難不去愛那個飄邈卻美好的時代。那個假裝世故、痛苦與傷痕累累，實際上一點也不的時代。

輯二

濫情書

朱天文說：「有一天男人用制度和理論建立的世界將會倒塌」，但你壓根沒想過，竟得用如此殘忍的方式。

偶像劇陷阱

故事發生在尋常的冬季傍晚。冷冽的東北季風，與台北市的熱島效應兩相抗衡的結果，一搖下車窗，滲進的是暖寒錯織的空氣。

ㄌ一臉不耐，枯坐副手席，靜望眼前流轉的繁華阡陌。你們的車電光急騁，毫不顧駕駛人禮儀，顢頇橫越三線幹道，不知道情境太過於迷濛，還是車行速度過快，路畔的霓虹燈，視覺暫流那樣，拉成一條條流金星火、過度曝光的攝影照，可以用作明信片封面，放一〇一大樓的觀景台來賣給觀光客，兩百元一張。有點太貴了，你暗忖，這不過是每個城市都有的繽紛景觀，天河撩亂，火樹銀花。

你認識ㄌ好幾年了，卻從沒想過她會以眼前這個行囊滿載的姿態，坐進你駕駛座旁邊。滿溢城市的車流量，搭配前方路口鮮紅煞車燈明滅，鏡頭淡出模糊，景深拉遠，溫暖的車艙變身成一艘飽滿情慾、愛恨、偷腥、費洛蒙瀰漫的密室太空梭。不知道是第幾分鏡，但你們確實地處於「前往機場」的濛昧情狀之中——無庸置疑，這是偶像劇的情節。

認識那年，你倆皆非單身，或許誰對誰挾帶恨不相逢未嫁時的情愫，但你們既不是按照劇本設定的青梅竹馬，也沒有漫長曖昧史，足以在「前情提要」時演出。你私心片面地，給ㄌ起了個暱稱叫「可愛」，典出羅蘭巴特的《戀人絮語》：「因為不知道該叫戀人什麼名字，只好喚她為可愛。」然而荒涼夢境中的戀人倫常卻壓根不曾應諾。

車如流水馬如龍，你以餘光掃過ㄌ可愛無敵的亞麻褐髮和側臉。她純真嬰孩般的圓眼睛，以及若被弄哭理當梨花帶雨紅噗噗一團的圓鼻子，讓你輕易將之歸建韓劇裡宋慧喬、張娜拉這一類任性刁蠻的討喜角色。

你拿起虛構的導演筒，構思著接下來的劇情走勢：你鐵了心，將ㄌ

和男友唯一的通信器材、她那只裝了貓咪耳機塞的智慧型手機，一把搶過來，怒氣洶洶拋入黯淡夜幕。不知道什麼時候架好的攝影機，鏡頭意味悠長地停留在那孤伶伶遺留柏油路面、還亮著冷光的手機上。而ㄌ的男友、也就是真正男主角本尊，現在恐怕正騎著他奢華的打檔重機車，在你們背後窮追猛趕，以時速兩百飆奔機場聯絡道，超帥的，準備在窗明几淨的出境大廳和你來場大對決。

這「誰也不能沒有她」的攤牌戲碼，當然就是偶像劇的最終話了。這不過是最常見不過的：相逢恨晚、雙生一后、死纏爛打的畸戀，但憑茲，就足以讓偶像劇迷感嘆愛情萬歲。

但真實發展的景觀卻是：甫上建國高架橋，就無奈遇到了尖峰時段車潮，好不容易，龜速開到濱江街閘道前，時速竟然只有五公里，勉以前進。過泰山收費站時，你們還差點因摸黑找不著的回數票釀口角。和ㄌ走進了鏽黃頹敗的舊航廈裡，毫無情調草率幹光速食套餐，原該按照劇本發展的歷歷俗套——回眸顧盼、漫長的擁抱、熱淚盈眶、不顧航警拉扯衝入候機室忘情激吻，就在ㄌ倉促開票兌幣的破碎時間裡虛度。

更扯的是，她男友竟連個簡訊都沒傳，而就在你準備用力抱緊她開始說應許對白瞬間，她狐疑盯著你：「可是，我兩個禮拜以後就回來了耶！」

•

根據《熟女真命苦》、《三十拉警報》、《敗犬女王》這類通俗劇種的暗示，高學歷高薪高成就的新女性，其內心深處總得與失之交臂的愛情枷鎖，有著千轇百轕、剪不斷理更亂的連動關係。誰不對公司裡的「□□姊」敬畏三分——學者早已闡明，「熟女主題」根植於密集商業化、或晚期資本主義邏輯的社會型態，這群擁有謀生能力的女性大量出限，她們活躍於職場，伴隨高階的社經地位與天賦才華，惟不覺痛，且無能愛。「女人可不可以不勇敢」，抱歉，不可以，在偶像劇裡她們外表華麗強悍、內裡脆弱失衡，絲毫不同情對手，卻意外栽進姊弟戀漩渦。這讓你想起學姊ㄞ的故事。

其實和學姊根本不是學校裡認識的，但她從操演扮裝到昇華信仰的方法論，完全符合偶像劇裡的熟女理型。你雖非阮經天弟弟型，與學姊曖昧時也總將之類擬成篠原涼子、江角真紀子或楊謹華等格套小心翼翼的運作。無奈南轅北轍，學姊從頭到尾既不主打「照顧系」，也沒多堅韌殘忍，反倒是與熟女論述毫不相干的嬌嗔撒嬌，她無一不備。

宛如走路跌倒就喊痛、或翻倒冰淇淋筒而哭鬧不歇的小女孩般依賴黏人，平日與客戶接洽協商，流暢幹練如電話答錄機的學姊，至此已蕩然無存……這是怎麼一回事？電視裡演的那些斧鑿斑斑的故事，到底在哪個時光節點或根本不存在的片場裡，繼續呼吸存活、熠熠閃亮呢？誰在意呀！

•

認識學妹ㄨ的時候，她才十九、二十歲，青春正盛。追求她那一段漫長時光電梯裡，總覺得女孩俐落的金色短髮、碎花細肩帶連身裙、腳背上露趾涼鞋的太陽曬痕、以及白皙後頸淡淡的檸檬草香，直截等同於

「夏季新番偶像劇」的女主角典型。你們不顧期末考將屆，瘋狂規劃出遊行程，趁課間午休的乍暫兩個小時，循筆直國道直奔西部濱海公路。金山無金，萬里迢遠如其名。ㄨ把粉紅色的夾腳拖當成海灘球拋過來扔回去，在無懈擊無黯影而過度明亮的艷陽下，勁搞搞喧騰，小雞模樣的咕咕笑倒，在焦灼沙灘上打滾。

回顧記憶中的每一幕，都像過度矯造的MV——兩人一組大型電玩機，她用罄彈藥時，你英勇舉槍替她擊潰來勢洶洶的殭屍；你們用手機內建的自拍程式，擺弄各種自拍表情，戴皇冠綁蝴蝶結，無辜癡美凍結時空的黑白大眼睛，眨巴眨巴地閃爍襲襲靈光……後來呢？偶像劇沒演出來的，都在超時空的後設劇裡開枝散葉。無數的爭執、隳損、鮮血淋漓、灰飛煙滅。吵架後ㄨ還是裸著腳，跑在滾燙柏油路面，她朝你亂摔東西的狠勁難忘，猶存當年射擊遊戲的神準。連續劇總有殺青的時候，但真人真事改編的卻沒有。

那些拍得好可愛的自拍照片都被刪光了嗎？

MV裡面，海邊奔跑、擁吻、點燃篝火，任浪花湮滅足跡而淚光閃閃的畫面，隨著切歌而倒退靜止。美麗影像淪為失控的泡泡浴，湧出光影摺疊的世紀末螢屏，橫肆蔓衍，光怪陸離。即便嫻熟資本主義各種弔詭邏輯，但稍有失神——仍墮入那陳腔卻不濫調的偶像劇陷阱裡，終至無以自救。怎麼會塞車呢？何以反光角度和光圈不對呢？到底要怎麼樣，才能只憑著「愛」和「勇氣」——甚至不必拿出護照機票，就可以闖進登機門？

於是你忽而明瞭了：和副手席女孩們在深夜環河路，依據速限指示行駛時，並沒有劇組人員來替你們清場，也沒有前後的攝影車環繞你們側錄，鏡頭沒有軌道，不能前後推拉，所以也沒法三百六十度旋轉，耳邊沒有響起輪過一遍又一遍的主題曲配樂。就因為如此，一瞬擬像而成劇碼塵滅兵解。像愛麗絲到了棋盤最後一格，變成皇后，像唐傳奇《杜子春》……

只因為我們不是在演偶像劇。

兔女

山本文緒在〈兔男〉一文寫到，「兔子會因寂寞而死」。我本來真的覺得這很瞎。

那年，我和女孩共同養了兔子。

一如當下的凜冷冬日，我們為夜市攤裡瑟縮小動物駐足。短短的四肢，雪白茸茸的身體，擰成一團如球，嘴總嚼動著（其實是在呼吸），簡直可愛到爆炸。隨戀情增溫，春和景明，兔兔日益茁壯，原本兔販信誓旦旦的侏儒兔迷你兔……壓根不是這麼回事。還按圖索驥去查——垂耳兔、安哥拉兔、阿拉斯加雪兔、獅子兔……都不是。

巨型兔就連要抱上測重檯都很吃力，所以自牠滿半歲後，我們再無以揣想牠的體重了。更何況牠在住處狂鑽亂竄、掉毛便便抓沙發咬電線的行為，但印象中從沒厲聲制止，甚至沒透顯出半句微詞。總是在我瀕臨暴走，準備將兔耳拎起丟出陽台之前女孩趕過來，居家的短熱褲露出青春洋溢挑逗的半截大腿，無邪童顏以圓亮大眼睛直盯著我，不知道誰才是壞人。

「對不起對不起，兔兔，你怎麼可以這麼壞！」女孩子裝模作樣教訓起兔子，用她倆才專以溝通的詭異娃娃音對話。我想建議她乾脆和兔兔簽訂契約，若有破壞損毀既有器物之行為，得易科罰鍰⋯⋯

假裝喜歡兔子的結果，就是我百無聊賴陪女孩帶兔兔看醫生。寵物寵物，寵極之物，獸醫以細膩手法替牠剪指甲、看牙齒，最深奧具寓意的，莫過於判定性別：「得等到一歲之後才能看出性別，但你們可以留意牠是否有駕乘其他兔子的動作。」撲朔又迷離，我未料這歪斜的性啟蒙預告了結局。

女孩和我分手後回來住處，收拾鐵籠牧草磨牙棒貓砂（兔兔如廁也用貓砂），新男友車就停樓下，臨別吻都省略了。他會不會在你們兔子跟前，以駕乘的姿勢向她？（你終究沒辨兔兔的雄雌）我想起多年前留學法國的女作家，在戀人背叛隔夜，以毒萵苣葬送她們的愛兔。說什麼也不忍，煢煢白兔，東走西顧。和對飼主忠誠的寵物相比，兔子就是這般冷漠善變，看似溫馴、不叫不嚷，卻真的很容易因為寂寞而死——或移情別戀。

愛情屬地主義

和ㄢ分手的那晚，車行過火樹銀花都心，她端坐副駕駛座，一語不發，靜好無暇的小女孩般臉龐折映在玻璃窗上。

壓抑了整晚的沉默，終於抵達她家大廈口，熟識的管理員望了望這，約莫覺察到什麼細微的負能量波動，沒上前來開門。你故意不往右邊看，直到窸窣聲音傳出來，像昆蟲鑽進了紙袋，拍打著翅膀，坐困愁城。想也知道ㄢ啜泣了起來，這是今晚最終話偶像劇的高潮了。你絲毫沒打算挽回，只是等她用那哭到難過嘶啞的聲音，提出她的要求。

「可以、請你把……」ㄢ至此泣不成聲，但隨後的請求把本來的偶像劇賦格陡降，變成搞笑賀歲短片。「把我放你家的除毛霜還給我嗎？那一罐很貴……」

和ㄢ交往並不久，也分明沒有同居，但收拾歸類出來，得裝箱郵寄還她的物什卻異常繁瑣。洗髮精，潤絲精，旅行牙刷組，毛巾，擠出來是靛藍色的牙膏，兩大包衛生棉，黃絨絨鴨子形狀的沐浴球，一條短到不行的熱褲。將ㄢ的物件從浴室架掏空，這才發現變得空盪盪了，四面的磁磚潔白如骨瓷般，熠熠閃著淡藍色的光痕。這就是寂寞的色澤。內疚感宛如黴菌絲，在鬆鬆軟軟的吐司內裡盤根，ㄢ原來也把這裡當成她的家了呀……

後來你又和ㄒ交往，盡可能保持自己模樣的房間。但沒多久孤獨雄獸之場所再次陷落。ㄒ不同於ㄢ的健康膚色與長腿，皮膚白皙外加童顏，嗜愛細肩帶，牙膏從高露潔24小時長效變成高露潔潔齒配方，沐浴乳從菲蘇德美換成歐舒丹，衛生棉則從好自在換成蘇菲……沒那麼驕縱卻愛撒嬌，沒那麼易怒卻愛黏人，女王，公主，格格……又有什麼不同？

於是隨著時間縱深與客體的多樣化，你開始糗態畢露。更衣時拿了前任的小熱褲給現任；緊閉著眼擠洗髮精時，錯壓了不同的廠牌；最慘的就是摸黑裡拿衛生棉片的時候，莫非定律那樣，總是能掏出那留在衣櫃最底層的，意外被前一段戀情遺落的那片，輕輕薄薄，幾乎讓人忘了它的存在……

你多年之後才知曉，那無關乎情愛、信賴感，戀人間的認同或女孩熱衷宣稱的「安全感」云云。這壓根就是母性天份使然的一種——愛情屬地主義，是那一種後吳爾芙（Virginia Woolf）《自己的房間》式之解構、之原型畢露，她們的母性情結讓她們佔有一座巢穴，家屋，浩瀚的小宇宙，到哪裡就織網築巢，到哪裡就落葉生根。

採花釀蜜，女孩再次搬來一堆又一堆微小物，然後拿走，逐一的編號，歸納，列碼，只消憑著氣息、氛圍、記憶、幻想之流暢技藝，就足以敏銳而精確地分辨此物與彼物，過去式與現在式之時態差異，毫釐無失。最後你還能擁有自己的世界、和房間嗎？

「有一天男人用理論與制度建立起的世界會倒塌」，朱天文〈世紀末的華麗〉最後這麼說，卻沒想到，是以這麼扭曲而殘忍的方式。

流於表面的愛情故事

讓我們從村上春樹的《挪威的森林》這本暢銷名著開始。還記得舊版封面抽象構圖與打底俐落的珍珠白書腰嗎？

年少的你甚愛出借藏書予鍾情女孩子們，既矯作又炫學。世事轇轕，隨戀人代際更迭，你發現那些你不及要回的書，彷彿就此消失似的。你重買的《挪威的森林》封面變成紅綠二部曲（聽說是忠於日文原版，但你怎麼就是不習慣），即便何其緬懷故事裡的直子、綠和男主角渡邊的愛情編年，他們仍在出版商微觀調控下變質微餿。荒腔走板，一如成長、痕傷、青春與傷逝的那種故事，再不能流暢彈奏的徹爾尼練習曲。

一開始你以為不過是細微誤差，但宛如沒對準的描圖紙，踏錯箭頭鍵的跳舞機。所有的記憶、場所與理論都不斷與時間的分枝和分枝的分枝錯身，在悼亡裡磨蝕、毀損，最後迷路，你無緣見證它們本來面貌。最早教你明白此邏輯乃王安憶的《長恨歌》，小說寫弄堂女兒王琦瑤一生的模稜周折，蒼茫而華麗。原版以鵝黃浮水印奠基，女孩身後倒映外灘、匯豐銀行與東方明珠塔……浮光掠影，歌舞昇平。

換了封面後，你每逶經書櫥總會被嚇一跳。嘴歪眼斜的旗袍女，直勾勾瞪著你，望穿秋水。昔日滬上淑媛成了庸脂俗粉，海上花開淪為浮花浪蕊。你還曾為這鳥事掛電話給前女友好幾次，跟她要回舊版的長恨歌，直到她跟你說真的很抱歉好像擱在哪家餐廳沒時間過去拿……你才驚覺她是不是把你的書當成某一牌附庸風雅的紅酒或黑松露的暱稱？

你也還記得駱以軍的成名作——《我們自夜闇的酒館離開》（代表的〈降生十二星座〉即是其中一篇）。淺綠、釉綠搭配深綠，右上小方格內層的小小的押花圖騰執拗向無限遠方抽芽。彷彿只要觸碰到粗糙觸感與標楷體的扉面，就能體貼出故事裡關於宿命、關於後設、關於死亡以及沒有出口的悲傷。

而你實在搞不懂新版封面其構圖思維：一大群妖艷秀異、魔幻卻不寫實的動物們：滿臉狐疑的獅子、紮蝴蝶結的粉紅色大象、獨角獸、裸體的嬰孩，以及像極了參加性愛派對被活逮、用安全帽遮臉的嫖客……他們圍在哪到底在辦什麼儀式？這到底是降生十二星座，還是十二生肖？

下定決心不再浮賃濫借，沒想到這回淪陷的竟是成英姝。對方女生片面宣稱唸外文系，禮尚往來，也借過你幾本契訶夫小說選。女孩失聯後你凡闔眼即浮現封面的寶藍幾何圖形，以及正中央那被鉗梏的裸女。賽璐璐感字體、克林姆風套色，以及結構森嚴的故事與故事們。現在你再度擁有《公主徹夜未眠》，祇是換成了前衛構圖，一堆色線剪裁牽連，嫣紅、墨黑、骨磁白，天河撩亂。「我每和一個男人做愛就要拿走他一本書」，你回想外文系女孩床笫的玩笑話，原來他媽的是真的！惟拜託，可不可以不要是成英姝。

如幻如影，無所憑依。奢華輕靡、質地精緻，以歷歷警句去逼視虛構與寫實的海市蜃樓、以及闃黑書房盡頭綻現的熒熒靈光……這些你的新書都具備呀！只是看上去它們已不如當初熱戀時那味澀甜，就是多了幾分違和感。

「沒關係的渡邊君，那只不過是死噢。你不要介意。」從紅綠新版書走出的直子對你說，既悲傷又應景。在最後一層封面磨損殆盡為止……這又是哪個故事啊？

太平貓國

你們遇見那隻野貓。幻想中由你們豢養，事實上卻晝伏夜出於公共停車場的褐綠色中型成貓。

說邂逅有點陳腔濫調，約莫是大雨滂沱的藍色星期一清晨，你滿腔鬱結，準備取車出門，給你發現原本想躲雨於車底，卻幾度受驚的野貓。幅員遼闊停車場供野貓入籍取暖，不是什麼新鮮事。但眼前這隻條紋呈高雅墨綠、胸腹與腳掌的毫毛一片斑白的貓咪，吸引你和ㄨ的矚目。牠既不若野貓遠怯生人，卻也未若家貓自憐顧影。你後來才怔忡於眼前的這隻貓咪所深諳的時人際聯繫和世情……恐怕遠超乎你們想像。欲拒還迎大概是牠天不生於家屋的適者生存本能；但若即若離恐怕是牠透晰人情冷暖後的浮華玩世美學。誰教牠如此呢？野貓當自強。

牠對於ㄨ的逗弄世故又慵懶，當你們背牠離去時勾眼相望卻始終佇立原地。你確捨牠不得，卻又不至於著迷地步。距離如一、感動如一，你多年與戀人的周旋才體貼出此道理，說離久情疏者難免勞燕分飛，暮暮朝朝又遲早色衰愛弛。何苦來哉？

你開始對你們的野貓另眼相看。

你後來不知聽誰說，貓就是這種會令你覺得「有負」的動物。愛情有負、恩情有負、養育之恩亦有負，尤其當牠那咕碌碌大眼盯著你瞧的時候。

中國古典文獻中，人與貓的馴化史悠久漫長，《詩經．韓奕》有曰：「有熊有羆，有貓有虎」，先秦的貓咪被視為虎豹，似噬人齧骨，如洪水猛獸。《莊子．秋水》中，貓咪多少平添了幾分機敏慧黠：「騏驥驊騮，一日而馳千里，捕鼠不如狸狌」，但梳理文獻，物盡其用、適才適所，在貓咪文獻學中，貓只有工具性，鳴雞盜狗，還搬不上檯面。

西漢初，人們與貓咪的權力結構開始逐漸鬆動了，不再視貓咪為魑魅魍魎，反而是趨於互信互利。根據當時經學博士所著《禮記》稱：「古之君子使之必報之，迎貓，為其食田鼠也」。這句話的言外之意是，貓猶如此，而君子成何體統？儒家經典向來喜歡借比喻此、指桑罵槐，但描繪貓咪的文獻研讀，卻惟獨漏掉他們可愛溫馴、伶俐、在懷中勁搞搞翻滾搔弄的模樣。這太過分了吧？

你們的野貓在停車場中央晾曬的被褥間，快速錯身。你唐突想起朱天文的句子：白蘭洗衣粉曬飽七月大太陽的味道。不是良人，而是戀人的味道。

接著就是躲與藏的遊戲。每朝停車場必定得敷衍一章回。牠總在你們數日覓牠不著而放棄那刻現匕，你們常為了搜尋牠而廢耕忘織。「連車子底下也要找」，ㄨ心疼地和你說。但你總在期待與失望的邊界裡外巡浚，狡獪而惹人愛憐的貓咪擅用牠的隱蔽與現形的遊戲，演成一齣齣磅礴壯闊的史詩追逐戰。

於是你終於決定這麼來記載一隻貓，無論是使用本傳，野史，或投注過度的愛、感傷、人道主義的記事本末體。可愛、殘忍、敏銳、察言觀色，獨自狩獵，保護家人們，忍受寒冷飢餓孤獨與痛苦，不脆弱怯生，不提心吊膽地令人心碎，在輝煌的夜幕中徘徊無依，這些你們的那隻貓咪全都具備呀！你有時以為牠盯著黑暗中空無一物的遠方時，其實已預言著牠與你與你們的迢遠未來。那瘖啞低沉的腳步聲響，透著寂靜傳了過來，你慢慢覺察到了白毫貓步盡頭勾勒出的雛形。

接下來，希望就是屬於貓咪的太平盛世。

蔡明亮式生活

其實許多文學或影像作品裡，「水」都被當作慾望的隱喻。那種如潰堤般流淌著，滿地漶漫，平鋪滿光滑磁磚的觸感，確實具體象徵了心底那根肉色琴弦的幽微之聲。

所以賈寶玉說女人是水作的，弱水三千；所以當《白蛇傳》故事進展到最慘烈的情節時，白素貞鐵了心發了狠，要水淹金山寺，你猶記少年時，在人煙荒涼且空曠的劇院裡，看過這一段京劇選本。白娘娘在紫金袈裟的法海面前，霎時變臉，以漲尖竄高的聲腔喊道，「水漫金山」，十幾個身著海浪色戲服的武生湧出舞台，打旋翻滾，每個宛如高難度體操動作的轉體、一百八十三百六十度騰空……

這就是慾望，就是愛情，一段過度熾熱的愛，以及它隨之而來的毀滅與崩壞，洪水猛獸似的，刷的一聲，撐破了褪殼的蛹，關掉了整個世界。

所以，當好幾年沒有聯絡的前女友來電時，你正端坐在馬桶蓋上，從洗手台外側拆下來陶瓷外殼也擠進狹仄的空間裡，幾難容身。地上雜亂堆放著活動扳手，外六角螺絲帽等工具。U型彎管在難以想像的角度鏽蝕了，因此一扭開水龍頭，水就從不可洩止處不斷湧出，這絕對不是刻意向什麼充斥意象和符號的藝術電影致敬，你也不願意，但故事就這麼發生了，悄然無聲的，濕濕黏黏的。

在蔡明亮電影《天邊一朵雲》裡，水和情慾的關聯非常表象而精準到位，電影裡李康生在演出的色情片時，導演不斷以寶特瓶灑水，但巧妙的敘事在於：那年的台灣適逢大旱，分區限水，雖不至於民不聊生，但當熱騰騰、灼熾熾的慾望，找不到水作為寓言或意象的時候，該如何是好？該何以為繼？

以前不懂蔡明亮，只覺得那麼文青，那麼文謅謅的電影，令人倦而思寢。後來才逐漸體察到：蔡明亮電影所精準捕捉的那種荒涼，疏離，密集的現代都會人們滑稽卻執拗的意念，或隱晦卻直截的情感，其實距離我們沒那麼遠。在水患蔓衍的浴廁拙劣操作扳手的深夜；在獨自駕駛的車艙裡，聽著DJ不斷吃螺絲的悲傷廣播；坐在即將打烊的麥當勞，反覆撥著一個號碼，聽到話筒那邊嘎然響起「您撥的電話未開機，您撥的電話將轉入語音信箱」……

孤獨，孤獨，如此孤獨啊。

那晚的浴室好像成了一個被封存於過去、截斷莖葉的房間，時間在節點上閃跳，像擲骰子前進的大富翁遊戲，哪個作家說的：你不能等到感冒才來打噴嚏。你忘了電話中前女友和你的對話內容，某些寒暄閒聊，還是隱藏了情慾挑逗的濛昧暗示，或悄悄話。一些近況，一些以前屬於你們的可愛小暱稱。但罪鑿已經編碼，打進了通聯紀錄清單。就像水，浸濡了腳踝褲管，怎麼烘淨曬乾，難免看出一塊深淺凹凸的漬跡。

你才這想起為何非得拆開水管不可？原本要用來求婚的戒指，從絨布袋裡取出時不慎滑進洗手台。眼看約會要遲到了，訂的餐廳要被取消了，你想像現任女友即將發作的小公主驕縱與怒意，決定不修了，關上燈，就讓肆流不退的洪水侵蝕佔據浴室和房間。

這一幕，多適合當成電影的結局。

好人

你無從估計，那原本森嚴序列的交往溝通網路，怎麼就突然就失衡了，轉眼之間我們又變成「好人」，在神光暈眩、醚醇正妹散發出性芬多精之場合，像隻牲畜般哞哞嚎叫，獼猴那樣勁搞搞轉圈、爬竿、引體向上、忝不怕羞地翩然起舞……

「好人論述」行之經年，早就不是什麼新鮮用語。推流溯源，故事總是這樣發生——某純情稚氣、從沒見識過愛情濛動的男孩，天真蠢騃迷上某個如史詩裡追求者眾、穿花蝴蝶的美人兒，為愛癡狂的男孩開始以平民交通工具，承接下接送勤務，外加每次的電影用膳費用、寒天雪地朝暮宵夜早點，以及自動自發的宅配到府電腦維修配套即時更新作業……

女孩坐視默許好人將陽具中心論自我閹割、棄絕性徵、屏除紅塵雜念，但總是在表白或性啟蒙時刻臨了，表容哀婉欲絕的小美人貌似經過長程熟慮，竟忍痛坦承佈公：「你是一個好人，但是我……」話鋒迂迴轉折，一切戮力辛勤孜矻拚勁幻化烏有。鎩羽折翼，男孩重振萬丈雄心。「至少最後還讓她覺得我是一個好人」，但白雲蒼狗，沒消許久我族即覺察事有蹊蹺。過去以要好好唸書、準備考試、距離太遠或星座命盤等天河撩亂的超瞎理由回絕你、並滿懷疚歉的女孩，一轉身很快結交男友。

從此「我現在不想交男朋友」等於「不想交你這個男朋友」；「你是一個好人」就直接和「我們不適合」化約上等號。

這個從初只流傳於哥們唬爛唱衰的黃金體驗，不知什麼時候街知巷聞，成為兩性溝通的常用詞。衍生性商品詞彙更不勝舉——「好人卡」、「去死團」、「集卡簿」、「駝獸」、「工具卡」、「洗澡卡」……纖細脆弱、此世的外型財力家世背景把妹技藝或房車等級，都遠遜於「玩咖」的男孩們，自此後開始對無名相簿裡那些單一表情、瞪大無辜如嬰孩汪洋雙眼在熠熠靈光的自拍，臨深履薄。

而一旦想像那LINE正上方微小四方型的照片框框裡，巧笑倩兮骨肉均勻的女孩子，隨手鍵入的隻字片語，都可以變成資深好人吟詠反覆的新評批研究索隱或文本細讀作業。

「每次我想要跟她多聊些時她就說要去洗澡」；「感覺她心情不是很好，丟她三四行都只回『呵呵』兩三個字」；「我就說你可以不用叫我『學長』，但她說沒關係」；「訊息都是已閱讀但都沒回」；「我拗她去兜風看海散心，但只回我『嗯嗯』怎麼辦」……

資訊量瀕臨爆炸的性別演義題庫，流傳於各大約會求救教學網頁佈告欄，「嗯嗯」、「呵呵」、「掰去洗澡」，也成為好人自我療癒的不可承受之痛，惟剝筍層遞、這模稜周折的激問句型歸結到最後，好人們怎麼也不忍施放緊要關頭的大絕招，「這樣算是被發卡了嗎？」

而平衡崩壞莫約此際。華麗女孩扮演領航者，一旦食髓知味，廣薦此道給她的那些普通姿色的姊妹淘。於是乎，舉凡佈告欄、聊天室、交友平台，始充斥眼妝粉底腮紅唇蜜假睫毛捲翹仰角一式一樣的自拍複製人軍團，橫肆漫漶，自作孽，好人們卻也樂得在圖未窮匕前夕來個阿諛吹捧，錯綜網絡裡「我很宅很窮非帥哥，像你這種正妹不會想認識我」、「B字頭破車一台」、「小小竹科工程師／182」……的自我介紹無處不顯，濛曖撩人。

本來兩性間「國與國的特殊關係」遭自我矮化湮滅壞隳；原本男女正常交誼、舉案齊眉的性別空間被壓縮成討好、諂媚、炫逞、力求表現、青春期男孩的荒涼嘴炮，或漫天胡謅溢美過頭後的黃色狎淫歪詩……受傷的好人自我進化成以退為進、我詐爾虞的程式碼，繼續在遊戲中沉淪。

某些惡意世故的女孩不斷張貼相簿，佯裝無憂繼續她們的變身系美少女蠢話，仰賴好人們對她的恭維撫慰與豢養：「正妹怎麼可能會被甩」、「正妹穿什麼都好看」、「這張好正喔」、「大夥快進攻」、「你有新郵件尚未讀取」，憑之好苟延存活……

張愛玲〈紅玫瑰與白玫瑰〉寫佟振保糾結於紅白玫瑰之間，鬥角鉤心，最末張愛玲替這篇經典小說作結：「第二天起床，振保改過自新，又變了個好人」。這年頭，誰都難免當過幾次「好人」，但此好人等不等於彼好人？生不逢時反倒躬逢其盛，「這是亂世」，誰說的，也是張愛玲。在同樣動盪紛紜的年代想當好人，那還不容易嗎？

認真的女孩們

你我少年時代，多少聽過這類如菌絲抽芽般的流言——某隔壁班的數理資優生，原來在你們都從未理解的月球陰影處交了某鄰校的女友，中間模稜周折的過程就省略，就只知道那女孩家長到校告知生輔組長女兒懷孕的消息之後，校長特別選在某天朝會，以極避諱卻又足夠性挑逗的口吻，說請全校女同學千萬要潔身自愛……等教條。

接著就是摻雜稍嫌落伍的性啟蒙、口耳相傳的歪斜神話、流於俗套的情節以及集團青春期意識中，被你們草率勾消了的慾望藍圖……即便多年後你才明白，你們當時在嫩澀的淫猥心靈裡偷偷建構起的那些早熟、荒誕、失格、彌天大罪的離奇故事，不過就是何其通常、到處存在的光景。而你們那時想像中雜揉情慾、意淫、遺精式的女體幻覺，也不過就是女孩於制服襯衫下透顯出的彩色肩帶痕跡、各種無機金屬質材組織的單薄身體而已……

初嚐禁果、初為人母、超齡體驗，以及面對後倫理的衝決與家庭機器的循規蹈矩禁令……這讓以中學未婚懷孕的主題很容易得到觀眾反饋。日劇《十四歲小媽媽》中，得知懷孕的國二少女未希試著與癲狂狀態的父親解釋，但協商破裂、溝通阻絕，就在「我沒辦法跟爸爸溝通」的拍桌、瞋目、嘶吼、對峙的怒視崩壞場景中，構成了這樣此劇的類型張力。還記得在你那個年代，一代清新女星友阪理惠出演而靡掀風潮的《十六歲新娘》，原來隨初體驗的下修，原本森嚴的情慾衝擊性話題，同樣可以易弦更張，與時俱進。

但教你驚訝的，是博士班同班的幾位女博士，紛紛預定於最近結婚宴客的消息。說實在的，你的生活圈與那些依循資優歷程、一路攻讀高學位的資優女同學，好像沒啥關聯。她們多半很相似，從小出生在不會是中低收入戶的康泰家庭，童年都學過鋼琴、芭蕾舞或心算珠算。高中聯考時或是前三志願，或因經痛感冒失常進入了私立女校，恪守父母教誨與鄰校男孩保持界線，僅談過一次戀愛，順理成章地就和那男生結婚。

比較自己童年的偏僻鄉城，那兒的小女孩沒聽過送去補習的，大多是跟著你們這群臭男生混進大型電玩店，打魂斗羅、快打炫風或吞食天地，再好動一點的，學男生改裝腳踏車，加上鈴鐺把手和火箭筒，跑去產業道路上狂飆……你偶爾還會遇到那些不認真的女孩，她或許國中輟學去檳榔攤打工，或早婚而兒女成群。你死盯著檳榔西施露出的纖細長腿和台味十足的比基尼肚兜，不忍移開視線。

但你要說的是認真的那部分。平常她們在教室或研討會場自成區域，穿透沉鬱音量窸窣，傳來她們輕熟姊妹的祕密。誰在都市邊陲買了廉價的預售屋、誰的未婚夫連續考了好幾年國考、誰的婚禮席開幾桌每桌幾人……

在女同學的婚禮會場，你入席角落，盯著投影片更迭播放的：這個高智商、高成就、高學歷的女生，毫不鬆懈、何其順遂又平凡的生涯集結。對比會館門口，父輩盛情送來錦簇花團，造夢般繽紛的大型花籃和霓虹燈管點亮的「囍」字……除此之外呢？送客時你問起，「現在結婚不嫌早嗎？」她會用彷彿將數學習題終於運算到了最後一行，終於解開即將得證的那種口吻告訴你：「我怕年紀太大，不容易生啊。」

你真正感歎的是：多年前中學時代，她們一定也參加過同樣的朝會，聽過這種未婚懷孕而「自毀前程」的八卦傳聞。或許呢，這一類蜚語流言離她們更近。同在前段班的姊妹淘一聲不響地辦休學，直到下學期，那女孩赴美墮胎的消息才如妖精般在闃黑裡竄漲傳了開。「我才不會／要像她一樣呢。」那時候，認真的女孩們恐怕這麼起了誓。

之後，她們有些終身未曾戀愛，有些則和聯誼和相親時結識的工程師、公務員男友，緩緩步上紅毯，她們的學歷和性經驗幾成反比，反倒是高舉了畢生履歷結纍成的豐盈花果，修辭成絕對遵守、不犯錯不縱慾的精英傳奇，交棒給她們下一代。這是她們於人生旅途中屏氣凝神積攢的完美哲學，對她們而言如巍峨碑文般輝煌。

當你笑容僵硬擠出「早生貴子」時，你不禁設想，要是多年前，你和那些穿著筆挺前三志願制服的她們，在擁擠公車的鐵竿間隙，錯身對望一瞬間，你敢不敢說這句禁忌而淫猥輕浮的祝賀詞？如果真的這樣說了，她們應該會在下一剎那刷紅臉頰，既羞赧又埋怨地暗自咒罵，「遇到變態了」，接著閃躲著、迅速擊按下車鈕嗎？

你不會把《蝴蝶效應》或〈大頭阿慧〉這類——透過哀樂中年際遇流轉，回顧才發現竟因某次抉擇而意外派生出無數枝蔓的電影，回頭來理解真實人生。只是這一切真教你由衷感慨：女孩們，何必那麼認真呢？

少女A

最近聽到新出道的歌手黏膩清甜的嗓音，唱著關於少女的濛曖情事，歌詞編曲和八〇年代末日本國民歌手中森明菜的〈少女A〉致敬。明菜穿著澎澎裙、露背洋裝和搖曳著的髮辮，在華麗舞台輕快跳躍著的畫面有些斑駁了。不知何故，我們也把仿得最像的名牌贗品稱為「A貨」，那麼你想，就姑且稱這故事主角為少女A吧，即便她已屆齡熟女了。

少女A聚會時用晦澀的聲調和表情，像安靜課室後方窸窣說話聲那樣，提到了論及婚嫁男友，送她的生日禮物。她不是掛著而是從防塵袋裡悄悄翼翼拿了出來，像販售贓物似的，銀亮亮的蒂芬妮相思豆，經典款，沉沉微晃著。光澤、亮度看來是無暇的純銀質材，大夥輪流拎著拈著重量，翻弄提袋和緞帶……翻來轉去的，彷若愛撫那條項鍊般。

少女A拿著專櫃型錄和網路上查來的知識——近五年來防塵袋的造型、緞帶紮結的方式、釉綠色小盒的色差、字母的草寫弧度或書體……模稜周折，活像維多利亞時期、戴單邊眼鏡替貴族或女皇鑑定珠寶的鑑定師（因怕丟臉，少女A不敢拿去專櫃鑑定）……你當然會想，後現代了不是。真的假的，正品贗貨，有那麼重要嗎？君不見從偶像到商品，從文明到議題，假鳳虛凰，盜版仿冒肆流漫漶，如洪水猛獸。

但你也很快就察覺到這就是剩女進化論的憂慮。心機、青春、歲月年華和馬克思主義的剩餘價值，都有用進廢退的時刻，良人也，所以仰望終生者，今（送假貨）若此？那麼這教少女A情何以堪？要熟女維特怎能不煩惱？

A的男友聽說任職金融業，倉促相識、出遊、約會且交往，就像擲骰子的大富翁遊戲，進三格、退一格，A沒有懷疑過他們終將結婚、步上不一定有紅毯，但鐵定得換三套禮服、進場兩次、有上菜秀、抽捧花、扮裝趴和吵不拉嘰的主持人鬧嚷嚷的婚宴會場。A的男友所宣稱的年薪超過你輩所能想像，然而似乎貫徹節能減碳口號，出遊以公車捷運邀約，全身行頭卻又名牌熠熠，讓少女A幾番真偽難測。

最後你也不記得這場開運鑑定團的結論，但還記得她說這件事的時候頭很低很低，離子燙過的長髮鬈綣垂了下來，幾乎沾到餐桌前的草莓戚風蛋糕。陽光從對開的落地窗篩進咖啡店，隔兩條街就是有貴婦館之稱的百貨，模特兒在仿伸展台無限延伸的透明櫥窗裡，搔首弄姿。電影《第凡內早餐》裡奧黛麗赫本對著櫥窗眼巴巴的望穿秋水，那麼多年後仍然雋永，偶爾在電影頻道重播。

大概是，因為故事會複製成一幅一樣的故事，然後反覆發生——就像那些A貨本身。

誰最後說，不是正品也沒關係啦，心意嘛。少女A卻像忍耐什麼似的忽然聲線高亢了起來，「我就是想知道」。盯著她不斷揪緊粉白色緞帶上的蝴蝶結，卻怎麼也摺不回原狀的那一幕，你忍不住心酸而心痛了起來。愛情本來就是真偽難辨的，或者說，愛情本來就是限量版而精緻的假貨。

「不是什麼特別的事，到處存在，我，少女Ａ。」中森明菜依舊唱著輕快、看似不羈灑脫的旋律，在舞台上揚起花裙。少女A們也依舊會繼續戀愛，繼續以商品以真偽作為砝碼界定故事悲喜結局。永遠幸福快樂，或一點也不。

輯三

流光箋

我們虛擲時光的花朵，拿去上國文課，在課文上畫起螢光筆線，這才發現最關鍵的，往往都沒讀通。

後現代賦

即便不太嫻熟中國文學脈脈流變者，也能朗朗誇誇「唐詩」、「宋詞」、「元曲」之時代文學主流，好像談某種時尚品味——八〇年代的川久保玲、九〇年代香奈兒、後千禧的LV似的代際遞變，引領風騷。但如果把文學史比擬為時尚史，喜絲厭麻，萊卡布換替雪紡紗的進化流轉，那麼我們談「漢賦」的比重也未免少得可憐。

更何況，「漢賦」指的是賦發展到漢代達到的全盛意義，姑且名之而已。其實賦的起源可逆溯至先秦，比起《詩經》生澀澀的疊音狀貌；《楚辭》工整整的雕琢其華，賦本來就有詼諧、通俗的傳播取向。大概可以用繞口令、用射燈謎或順口溜來聯想，更多時候賦其實很像當代的方文山或九把刀，附帶有閱聽者、媒介或行銷等等的市場利基考量。也因此，它往往很親切、很庶民，卻也縱橫捭闔，在不斷的鋪衍張揚、喋喋誦誦的內在，拉昇卻也削弱了一切中心與意義。這麼說來，賦其實也符合了某種後現代徵狀。

但那麼討媚要巧具草根性的文體，照說應該更貼近我們這個生活藝文化的年代。只不過漫長結纍的中學國文課，我印象中從沒選過辭賦的專章。

根據辭賦專家、也是我的指導教授簡宗梧先生觀察：《左傳》中就可見辭賦的蹤跡。宣公二年，宋國將領華元大敗而歸，城衛看到華元車隊隨扈，謳誦起賦來，「睅其目，皤其腹，棄甲而復」，翻譯就是「看看我們統帥，眼神多麼強悍，肚腩多麼肥憨，怎麼棄了盔甲，逃了回來？」這大概是民眾衝到官員跟前嗆聲的最早一例，還挺有幽默感的。華元的司機原本還回嗆兩句，但他本尊則快快躲鏡頭，宛如閃著避著進了黑頭車那樣的，謝絕採訪了。

至於隱公元年的「鄭伯克段於鄢」，其故事龍骨綿延之精采，足以考跡斑斑。鄭伯與其弟段因母親姜氏挑撥而兵戎相接，鄭伯發起毒誓，與母親「不及黃泉，無相見也」。即便這「我這輩子不要再看到你這個女人」一類咒誓，現在隨便可在《風水世家》或《天下父母心》者流鄉土劇裡，聽過好幾回。

但身為一國其君，豈有戲言？怎麼辦？發了毒誓也要找台階下，就像切腹跳海、高空彈跳的政治支票，也都會有履踐的配套方法。好家在，幕僚潁考叔這時跳出來替鄭伯獻策，要鄭伯與其母「闕地及泉，隧而相見」，挖條隧道直通黃泉，不就不算自打嘴巴了嗎？於是鄭伯與母在地底重逢，鄭伯欣喜命賦：「大隧之中，其樂也融融」。成語「其樂融融」典出於此，而這於地底萬呎，蒸氣熱騰騰、焦融融的天倫之樂，可展現了早年政客，窮變則通的本能。

我們談先秦的賦作者，宋玉是不能被跳過的熠熠光點。他作為楚襄王的言語侍從，其職責就是論論辯辯，逞口舌能。所以宋玉的〈風賦〉、〈神女賦〉約莫都是此題材。但充分展現宋玉嘴舌維生效能的，我以為是〈登徒子好色賦〉。賦的架構與情節模稜曲折，具現代感。一開始，宋玉無端遭政敵登徒子的爆料，說因為他外型端正算個型男，再加上辯才無礙，肯定性好漁色。這對宋玉的抹黑，似乎沒有盡到舉證的義務，甚至連跟拍的照片、錄音檔或監視器畫面都拿不出來，實在難以服眾。

但宋玉沒有大動作按鈴申告或保留法律追訴權，而是運算了一齣複雜的論證函數，他說，「天下之佳人，莫若楚國；楚國之麗者，莫若臣里；臣里之美者，莫若臣東家之子」，模稜周折，流暢如哨響前的三分球出手破網，宋玉告訴觀眾：藐世間正妹洶洶湧湧，莫若他的鄰家女孩。他以撩亂而繽紛的華藻描述這個宇宙超級無敵美少女，然後說：「此女登牆窺臣三年，至今未許也。」人帥真好，縱觀當代網路鄉民濟濟，還有比這更嘴砲的嗎？反觀那個登徒子英勇成為龍騎士，還跟恐龍妹一傢伙就生了五個孩子，宋玉問：「有沒有誰比較好色的八卦？」

我們實在很難不去佩服宋玉損人揚己的唬濫能力，在他詮釋下，兩千年來，「登徒子」成為替易「變態」或「色狼」的同義詞，但歸返文本，登徒子非但不以貌取人，更挖掘出龍妹得疼愛呵護的內在美，這樣也有錯？更何況喜歡上醜女，能說他好色嗎？只因為辭賦的從俗清暢，讓登徒子自此惡名纏身，萬劫不復。

這麼說來，這既能胡謅又能瞎搞，對一切神聖崇高意義，輕盈勾銷的賦文體，確實傳遞了某種後現代的精神。那是在戲擬、在惡搞、在剝除解構爾後的無意義，讓一切諧趣哄鬧了起來，不用那麼氣勢磅礴，不用那樣文謅謅。我們的存在其實更多時候像是一則笑話，何其草率，何其碎弱，又何其輕薄？

飲食南北

我們常看大聯盟轉播就知道，「東／西」對美國文化有著顯著意義，美東與美西時間上相隔八個時區，隨著地球自轉的幅度與日光照射的早遲，區隔了東岸與西岸的眾多差異。

但相對來說，中國用以群分類聚的方位則是「南／北」，緯度、氣溫、河流，或稻米獲種的次數……南北區隔出了經濟社會層面，甚至是政治、國家認同的差異。新世代在網路上動輒愛「戰南北」，誰台北人，誰南部人。回顧中國歷史，第一個戰南北的鄉民大概是晏嬰，他代齊使楚，和楚王說了個「橘過淮為枳」的著名故事。從此，地理學的南北之分，成了文化史的涇渭之別。

再後來，更常被提及的是張翰（季鷹）和他的美食經驗。張季鷹自南方赴洛，秋風起，讓他想起家鄉的野菜羹和燴鱸魚是時候了，於是他掛冠歸鄉。你初讀此段文獻頗為疑惑：從吳中到洛陽，溫度濕度，風土習俗，城市的景觀，乃至於人種的血統輪廓，差得有多遠。為什麼張季鷹想起的卻是食物，是那麼普通的兩道家鄉菜？而這生動的滋味就這麼被記載下來了，關於這道經燴拌、汆燙切絲，焦灼灼、稠嫩嫩的鱸魚，望梅止渴似的，入口汁漿在味蕾間擴散……。

那時，你還不曾走進這扇離憂聚散的自動門，它始終閉闔緊密的，在黯淡甬道盡頭閃著微弱的光。

你搬離台北，來到這位於中部、地形同為盆地的城市，也才不過數月，但總是清朗溫暖的氣候，搭配上往來人群的颯爽，由儉入奢，很快適應了。唯有吃食終究不慣，不甚熟悉的菜色口感、稍嫌氾濫的煎炸膏油。最奇特的是餐廳的擺設，印象中台北的廚房都隱藏在店內深處，然此間餐飲小吃，無論飯麵式樣，鍋爐杯盤飲料一律置在店口，有的還擺上騎樓，以便利機車族打包外帶。你望著車龍流水的途道煙塵，衛生疑慮致彳亍珊珊，在門口張望老半天不忍進。

不過久了，也就習慣了。

你在巷弄裡穿梭，用熟客特有的表情、眼神、努下巴，或頤肉晃動的角度方向，以「入族式」成為其中一員；你錯以為「遷移」就是這麼簡單輕鬆，毫無情感上誤植的可能。後來你返鄉回到熟悉餐廳，老闆瞅著你的臉發怔，一瞬有些陌生了，直到你索點了同一道菜……

「休說鱸魚堪膾，盡西風，季鷹歸未？」辛棄疾重寫了這個想念家鄉美食而辭官的典故。但對辛棄疾來說，張翰回得去，但他回不去了。中國知識分子大部分矛盾、感傷與糾結的核心，都與「仕／隱」有關，離國去境、憂讒畏譏，但那失落的神州故土終究只能是神州故土，像一瓶開了瓶卻沒喝完的可樂，氣泡沒了，剩下一味的死甜。

於是你繞了兩百公里，才終於讀懂典故最深切的體貼，我們原來是靠一種味道去記住一個場所、一處空間，它是那麼直截，那麼猝不及防。當熟悉卻莫名的故舊口感，觸碰到舌頭最前端、最微小的神經，唰的一聲就撐破了。然後脈脈溫熱與款款思念，排山倒海，汩汩而流。家鄉味，可不是？

只是對宦遊未歸而登臨思鄉的中國傳統文人來說，張翰太少了，太難得了。大部分我們只得像《西遊記》的情節，生噬活剝，給金角銀角收進那只血葫蘆裡，者行孫、孫行者，不管怎麼顛之倒之，卻還是給吞沒入漩渦裡，再也回不去、出不來了。

孔子與南子

臉書和噗浪就是這樣的東西，看似毫無肌理邏輯的碎語浪言，網址連結，全按照線性時間軸，排成歷歷森嚴的資訊叢。早就忘了路徑為何，只記從他們超連結歪打誤撞，讓我看到那則新聞——孔子後代對即將上映電影《孔子》，提出書面抗議。

抗議之標的物，包括飾演南子的周迅，某些極度濛昧情話與眼神流轉；飾演孔子的周潤發的幾幕輕功、拳拳到肉的武俠場景；還有大規模血流浮杵的戰爭鳥瞰分鏡……周迅的色誘劇碼顯然是脫胎自《夜宴》或《畫皮》，至於發哥一身十三太保硬功橫練，好像在《防彈武僧》、《臥虎藏龍》還是《滿城盡帶黃金甲》這類的電影裡有印象。不過說是這麼說，但衛靈公夫人南子終究不是狐仙、白骨精，孔子也不該是退隱大俠李慕白，因此，電影還在預告階段時，就已經波瀾迭掀，宣傳效果十足。

當然，藝術模仿人生，修辭再現真實，電影是要拍一部傳記敘事體？還是以聲光加電腦合成的好萊塢那套，拍出一部放進括號或打上星號的「孔子」？這終究屬於片商的自由意志。近年來華語史詩片盛行，我們讀中文系的專搞古典經籍，常常被朋友或學生關於史實與虛構之提問搞得不知所措，但時間與歷史分明複雜地有如重層的鏡面，在流動過程中不斷折射。那可不是一句「拍電影嘛」就能說得通。

那麼是可以問，在原典中孔子和南子有何關聯？《論語》提到這件事的原文很快也很短，卻幾經模稜折轉，光影醚酚。「子見南子，子路不說。夫子矢之曰：『予所否者，天厭之，天厭之』」。孔子會見南子，子路很不爽。孔子說，我敢發誓，如果真的怎麼樣，我就天打雷劈！但純就如此短暫記載，確實讓人狐疑。子路在不悅什麼？孔子好端端的，又何必發起毒誓？只差沒說全家死光光、出門被車撞……

朱熹集注的《論語》，解決我們第一個問題。「南子有淫行」，這是「子路不悅」的癥結。「淫」本意是指水流漫漶，未必等同今義，不過南子基本上是一個「太超過」的女人。但盱衡當時，齊的文姜嫁到魯國，依然與其兄襄公維持亂倫的關係；陳的夏姬讓弒其夫君的兩個傢伙，穿著她的褻衣「戲於朝」。倒不是說南子其行可采，只是於史有徵。往好的方面想嘛，至少她的「太超過」，不是如無良政客般，把好幾億的賄款贓款掏空翻轉——宛如魔術師讓整座自由女神像憑空消失的那種「太超過」。

至於第二個疑惑，更早漢朝孔安國作注時，是這麼說的——「孔子見之者，欲因以說靈公，使行治道。……行道既非婦人之事，而弟子不說，與之咒誓，義可疑焉」，白話點來說：如果這場世紀會面的動機，是出於公領域議題，壓根無須去畏懼反對者的內亂暴動，那麼只因學生不高興，老師就勁搞搞發起毒誓來，這會不會太扯？

這件事的前因後果《史記》說的更詳細，還加了一段「孔南會」的實錄：「夫人（南子）自帷中再拜，環佩玉聲璆然」，看似禮尚往來，但何必多用六個字，寫配飾叮咚作響的曖昧氣氛？怎麼看都奇怪。難不成我們的萬世師表，真的是心裡有鬼、欲蓋彌彰，宛如時局的名模政治家無端捲入緋聞，忙不迭發聲明稿，開澄清記者會……這麼一來，這幾段扁平冷靜的文獻記載，就增添幾分戲劇張力。

後現代強調的是去中心，那麼對至聖先師的情慾解放與私領域的認同轉向，倒也不用搞得那麼尊德性，那麼文謅謅。不過套一句爆料文化蔓衍風行之後的、藝能圈與政壇的萬用諺語，「聖人也是人」。這句話翻譯一下大概是：聖人也是男人。從精神治療的層面來說，誠意正心，齊家治國，同樣都是慾望屬性之一。慾望或許有貴賤大小之分，但無公私或聖俗之別。

如果說孔子與儒家的教誨我們的積極意義在於：一個貴族末裔、一個平凡人，他的宏大慾望如何遂行於一代亂世？那麼這部以史實傳記為噱頭，實則雜揉進科幻特效的電影，倒是拐彎抹角來彰顯了這樣的徵兆：孔子有時也和我們一樣是個平凡人，庸常而衝動，只是他比我們更能堅持最初的勇氣，承諾，愛與夢想。

要愛的人太多了，這就是「仁」，儒家的本體論，一個被創造出來、代表信仰的飽滿價值。

我愛樊遲

那璀璨耀眼幾乎不能逼視的青春時光中，我們虛擲年齡的花朵，從繽紛艷異的西門町服飾店、倒懸玩偶吊飾、塞滿拍貼機的萬年大樓、新增設3D和IMAX影院的國賓影城，插枝嫁接，被挪去上國文課。而國文課除六冊課本以外，焚膏繼晷，耗掉老半天時數來讀《中國文化基本教材》。但知識像樹妖般蔓衍，最後除了強記幾則題解大意解釋名詞以外，你發現，至關鍵的，終究都沒讀通。

這時候你就會想起樊遲。那個《論語》裡面，被老師一教再教，卻總是弄不懂，整天追問個沒完的愚騃駑鈍的傢伙。

孔子聖人哉？但根據文獻，他好像也不能算是那種——不點名不簽到不冷嘲熱諷批評學生的好教授。《論語》中有幾個箭垛型的學生，他們沒事不多喝水，也不常發言，卻飽滿負面意向性，就像子張或宰予。

子張在《論語》記載不過就三次，向孔子諮詢關於「干祿」和「達」的議題。用當代語彙來翻譯，子張像極藝能圈的通告小模、浮華塵世的酒促妹、或文壇新秀，以一夕暴紅為己任。當然，儒家宗法綱目森嚴，齊家治國也得以親親尊尊為前提。子張的志願雖然挺積極，卻儼然與道統這檔事違和了。像光線穿過水面而失焦。不過你很疑惑，子張何必那麼直？幾個假仙的學長像顏淵或曾參，都包裝得挺漂亮，尤其是曾點，孔子問他志向時他說的「浴乎沂，風乎舞雩，詠而歸」，多敢講？哪來那麼旖旎那麼扯的魔幻場景？相形之下，子張未免吃相太難看。不是教他巧言令色，但裝也得裝個樣子。

宰予和孔子的糾葛恩怨，來得更直截也更兵戎倥傯。宰予曾向孔子提議修改所謂的「三年之喪」，而且他的理由超級機車，他說老師：「君子三年不為禮樂，則禮崩樂壞」……儒家以禮樂教化旨歸，但宰予從源頭直指此一禮制廢耕忘織的矛盾，這不是教老師怎麼答都不對嗎？

他前腳才邁出楹廊，老師就怒搞搞罵了一句：「予之不仁矣。」君子能不能背後說壞話，《論語》倒沒記載這條。不過宰予的提案爾後卻成為墨家的政見主軸。道不同不相為謀，聽課睡覺只能說是對恐怖大論述的反撲，那麼，後來的「晝寢」和「朽木不可雕」事件，也只能說：科科，不意外……

但樊遲基本上既不急功近利，也沒天生反骨，根據《論語》中「樊遲御」、「樊遲請學農」的謄載來說，他反倒很像當前光怪陸離網路世界中，獻殷勤獻過頭的那種，是典型的宅男模範生。「御」就是駕車，就是當司機，換言之就是「駝獸」；「學農」、「學圃」就是種田和種菜，換言之就是「工具人」。顯然，樊遲也和少年孔子一樣「多能鄙事」，能莊稼又能御車，只差沒有上開心農場偷菜。如果換算成今日的兩性交誼媒介，不就是往返宿舍送夜宵，再外掛南來北往接送駝運。但諸位理當猶記——當樊遲問畢農圃這樣的實用工具法則，老師又是怎麼在背後說他壞話的嗎？「小人哉，樊須也。」

記得當年國文老師螢光筆畫下的解釋，此「小人」指的是地位卑下、行徑粗鄙……但你卻想像出另外一種悲慘景觀：連續好幾週的工具人當完了，估算彼此的親暱程度，差不多可以表白了，自我感覺良好的宅男滿心懷抱殷切期盼，於今晚臨寢前的Line上，除了丟出可愛熊熊圖以外，最好可以和心儀的對象來一段濛曖甜膩的戀人絮語，誰料才一傳訊，那大頭貼裡笑吟吟、眼睛眨巴眨巴閃的圖片對象，竟刻意躲你似的，千喚不一回。你準備好的開場白派不上用場，她已經先發制人了，「現在弄報告耶Sorry」、「等等要跟學長線上咪聽呢*0*」、「先洗澡去掰^^」……

當然啦，和樊遲的那幾個潮男、多金男、肌肉男，還有更多油腔滑調、討老師歡心的學長相比，此處的「小人」，無論怎麼畫重點線或對照自修的解釋，都只能解成「好人」的意思吧！

或許至聖先師不能類比成神光熠熠美人兒、或在無名相簿擺弄大眼睛、假睫毛、煙薰妝的自拍妹。但我們的樊遲依舊好學不倦、樂以忘憂，不甘心就這樣懦弱喪志，自我閹割而淪為工具理性。中學時誰都默誦過這一段：「樊遲御，子告之曰：『孟孫問孝於我，我對曰：無違』」……樊遲同樣掌握接送途中氤氳失真的時光向老師請教，就像宅男藉著接送和心儀的對象促進感情，即便這份戀情僅存在接送路途短暫的明媚美好，就算只凝望女孩美麗側臉，聆聽她皓齒明眸、輕啟朱唇的一句「真的好方便唷，謝謝你」、「那麼晚如果沒人載我，一定很危險」……身為工具人，聽到這，我們此生無憾。

只是可憐的小樊遲，終究還是沒好好把握天賜機緣，依舊「何謂也」、「何謂也」地問個不停：「為什麼你沒上線」、「為什麼傳訊沒回」、「為什麼FB上看不到你的動態更新了」？不知停損點為何物，持續付出愛、關心、呵護、信賴與守候，相信只要努力終能開花結果……我愛樊遲，卻說什麼都不願步上他的後塵。

這麼說來，難道不該為中國歷史上第一個工具人、我們樊遲那無悔堅忍的付出、義無反顧的勇氣，來一次真摯的愛的鼓勵嗎？

一向年光

有如車行過漫長的年華甬道，隧道口敞亮鑑人的光瀑罩住了擋風玻璃，卻得勉強瞇著眼去看。當學校撥來電話，請你新學期開設詞選課，記憶宛如深海裡偶爾探出頭卻難以捕捉的怪魚，幾乎失壓的悶滯感，帶你回到那昏暗燈光、還有濃濃鼻鄉音的課堂。

你自己的詞選課。老教授把頭埋進書本裡，天花板一盞壞了的燈管，閃啊閃的，怎麼就點不亮。教授用了幾個禮拜反覆念誦溫庭筠的詞，窮經皓首。呼應似的，你也不知道蹺掉了幾堂課，約會，陪女孩子去逛爾後遭祝融又幾度易主的百貨公司，在大頭貼機器裡不知死活寫下了翹課的日期。還有，拿威力卡衝好樂迪，買四個小時全鐘——早忘了當時點了什麼流行歌，但它們就是詞，就是曲子，就是勾欄瓦舍、舞榭樓台盡頭用以娛樂傳播的媒體，只是被你們改寫成了景美溪畔的清明上河圖。誰唱到哭了，誰皺起眉頭仰起顎骨，哼著長長的轉音。又上心頭。

因為蹺掉了，所以沒上到晏殊，但你用自己的方式驗算了「一向年光」，在好樂迪、或錢櫃、或很後來才有的星聚點，唱自己的溫庭筠。而這首詞最後因為考試要默寫，所以你給背起來了，但未若預言般得到神啟，你們頭頂也沒因此開出一朵嬌豔的花。

一向年光有限身，等閒離別易銷魂。

「一向」是指短暫的生命軌跡，「年光」是指那有生流年裡最明媚最璀璨、最不可逼視的一段。你不確定講台下端坐的這群二十一、二十二歲花樣男孩女孩的年光何在？是夜晚荒涼的聯誼的機車風馳電光過中港路，還是暮春時分斜陽底的高美濕地。溼地中巨大矗立的發電風車，魔幻失真，這偌大而無垠的畫面總讓你想到唐吉訶德，那荒蕪而脆弱的夢想，冒險，和自以為是的勇氣與愛情。

夢想是那麼迢渺，冒險那是麼微型，尤其是只能寄託在這孱弱而苦短的生命狀態裡實行。就像是一組實驗的對照組，明知沒有意義只為了控制變因而存在的實境秀。肉身道場，他們說。

夜間部的課絕計不是什麼好差事，有家庭外務的老師盡可能推卸迴避，而同學大多結束疲憊工作姍姍就座，課程結束時的煙火闌珊萬籟俱寂。這類淒苦紀錄，你於許多學者有如懺情錄的青澀回顧裡早讀過了。你尚未深切意識到，只是往往課席散了，經過校門口，看著改裝機車簇聚、辣妹流氓裝扮的同學或反過來，上火打菸的深夜裡澄澈閃亮青春，一如執拗綻開的夜櫻。你總會想，他們為什麼非得坐在教室裡，在即將離開無限透明藍色大門而走入靈光消逝之前，屏氣無聲，聽你無聊誦讀著剛剛那首詞？

只因為時間在，要用無聊跑過它？

除了時段、成員外其實沒什麼好抱怨。同學看似目光炯炯盯著講台上傢伙，沉吟再三，你深惡痛絕卻一點不意外複製了當年的「教學現場」（這也是任教後才學會的詞，讓你聯想到凶案現場的血肉淋漓），無意義的反覆吟誦，塗塗抹抹寫進學習單。穿皮外套刺青飆仔模樣青年，趁你謄寫板書時溜進來，豎起了課本跟著進度；打上誇張腮紅、穿著超短熱褲和露趾涼鞋下豆蔻色趾甲油的台妹，用講義遮住了底下的手滑平板螢幕……「滿目山河空念遠，落花風雨更傷春」。葉嘉瑩先生說解大晏詞，說詞眼在「更」字，循環的悲傷疊床架屋、重層積累。

是啊，你們誤以為能學到些什麼呢？複寫紙的油漬滲到了書頁間，那充其量是春光和煦繪本童話故事的硬幣另一面，大雄學校游泳池底的鏡中王國……

下了課你依舊走過靜謐長街，人車初歇，橘黃街燈暈散開來，這或許終你將來斟酌或怨懟的年光。所以說「等閒離別易銷魂」，那麼記憶清晰、苦澀而深淺不一的流光記號，就那樣隨便草率地被告別了，像我們忘記一個一片歌手，像臨出教室和叫不出名字同學隨口說的掰掰。

然而也像葉嘉瑩說的，晏殊終究是圓融的。空念遠，更傷春，你橫越暗裡的水溶溶步道，傷感地去抵抗即將遠行的年光，詞家卻輕巧多了，淡定多了，「不如憐取眼前人」，要眺望的地方太遠了，要想念的人太多了，不如就看看眼前這純粹活潑而靈光閃爍著的人兒，敬她的可愛、她的耀眼和歌聲。

於是你花了比鐘點更悠長更迂迴的時間，讀懂了一首詞，以及它進入自身截面時空的時代意義，不過也沒忘了提醒同學，這首不會考，不用背了。

小人物大冒險

還記得那年傾盆大雨，我們反覆驗算青春的方法論，窩在長方體的潮濕教室，跟著國文老師的螢光筆圈出一行行解釋。在文字底線邊邊加上註腳，或刻上雙圈記號。但隨著畢業離散季，那中學時期強記熟誦、拮据聱牙的文言文課本，都被我們拋光掏洗，埋進知識譜系底層的礦脈或溪底翻攪磨平的鵝卵石。

要不是臨了研習會場，講演的老師心犀至福說了遺忘經年的課文：〈為學一首示子姪〉這篇中學基礎教材，我大概很難再記起這篇字行皆發光閃亮的優文佳篇。文章裡最讓人情有獨鍾、也是模擬考古題大重點的片段，莫過於彭端淑神來之筆的譬喻：「蜀之鄙有二僧，其一貧，其一富。貧者語於富者曰：『吾欲之南海，何如？』富者曰：『子何恃而往？』曰：『吾一瓶一缽足矣。』」……

在作者的語脈裡，這當然是一則關於向學的隱喻；在教師手冊的注疏指點之下，此則勵志小故事的題解在於勤能補拙、永不放棄、告誡同學天下無難成之事，只怕有心之人……

但我覺得這貧僧和富僧往南海朝聖的故事，像極了一則後現代預言，像周星馳那些看似無厘頭的電影，如《少林足球》、《功夫》那一類，一個社會地位卑微、人生慘澹蒼白的主人公，試圖對抗世界。他們窮困卻憨直，身陷泥淖卻依舊對自己充滿熱情與信心，且在最末的關鍵一瞬，像著魔起乩般被賦予了超凡抵聖的決心與毅力。

拿電影《破壞之王》來說，劇情最扣絲入弦者，莫過於周星馳飾演的「外賣仔」挑戰空手道大師兄。「我會打得你流鼻血／我會打死你」。外賣仔的言行被視為「自殺式挑戰」，他拜精英學園裡招搖撞騙的拾荒者為師，被橫徵暴斂後一無所有，卻自不量力、暴虎馮河的寫了挑戰書，只為了自己信仰的正義、勇氣，還有真心所深愛的女孩……

這是極端的強弱對比，精英與垃圾的二元對立，和一場早一開始就優劣立判的大對決——就像是「一瓶一缽足矣」那樣的痴人濛夢。但電影的轉折在於：撿破爛的原來身懷絕技，當真是古拳法的繼承人；大師兄卻在最後的擂台賽跟前，變得懦孬膽怯。周星馳善於經營這樣的故事梗概——關於小人物的大冒險，邊緣再邊緣後的反撲、再沒有可退之境的逆轉勝。

也就在外賣仔和貧僧的瘋狂進行式中，我們覺察了所謂的「強」與「弱」肌理背面的解構與顛覆。能力、天賦、資源……一切看來飽滿的正向能量，平步青雲的藍圖，竟在最終的正邪大對決內裡，變得微不足道、或成為阻抗力。

最強悍或最富裕的衛冕者，被其資質和財富所囿限，陰錯陽差，怎麼也到不了那遙遠的彼岸，「西蜀之去南海，不知幾千里也」，在古典文學創作中，空間往往是時間性的隱喻，地理則是歷史的，是抽象化的，指向了一種生命的境界、一種經合理化過後的、一生懸命、奮不顧身說什麼都要去完成那根本不可能的超級任務般——理性的瘋狂。

貧僧以瓶缽去南海，披荊斬棘，這當然很「自殺式」。但這齣寫給子姪的真心話，經由設計的大冒險，還是給了我們這個世代稍許的啟發。有的時候我們發現自己前後維谷，退無可退，但這份困窘和潦倒，卻成為最強韌的資源，就連所有觀眾都認為他被騙光了學費、絕處逢絕再也走投無路的外賣仔，故事重寫，才發現一切何其誠懇而真實。在這無薪假、22k、學歷失衡、新世代的生存邏輯被反覆檢驗的年代，這篇遺忘多時的課文，或許給了我們轉圜的一瞬之光。

恩怨

並非你愛緬懷國文課本。但那些題解作者課文例句，或紅筆重點圈圈，穿越了迢遠截面，就像舞台白熾燈照下的逆光場景。許多解釋的卡榫，都鬆鬆垮垮，一碰好似要脫落。

拿「恩怨」這個詞來說。例句：「我倆的恩恩怨怨今後一筆勾銷。」無論哪一版教師手冊，恩怨都被稱之為「偏義複詞」，即兩個相反形容詞締織組成，偏重其中一義，另一義則無意義。

但怎麼說呢？在如閃光燈鎂片碎碎剝落的遞嬗時光裡，修辭語法當然也能解讀其今義。諸君若還記得——在那個傳播媒體敞亮明快、尚無狗仔跟車、盜攝、側錄等扭曲取經、猶如穿梭魚體內臟掏挖出下顎勾尖魚骨以前，某周刊來台灣發行的創刊號，正是唐突曝光的「佼寶戀」。

靈氛閃閃的時空裡，曾相互扶持的螢幕愛侶（不僅止於小S和黃子佼），此後注定要像通過放射線機台前的行李，扒光看透，無私隱，而「某某戀」的鋪梗與破梗，更成為嗜血媒體之對象物。

「小S恨不恨曾寶儀？」該話題隨著網路論壇、部落格到臉書，甚至變成了當事者主持節目的梗、的自我反身性，不斷追問一遍又一遍。

事隔九年的金馬獎頒獎典禮，小S在白熾聚光舞台燈前，與曾寶儀既世故又懇摰地環頸相擁，「說實在的，你根本不是我的敵人，你是我的恩人」，小S說來颯爽。「恩人說」於是像精闢的思潮理論，在巷衢流行迭傳。你想起更早前的金曲獎：以嬰兒圓臉出道，歷經惡意傳聞、浴血重生的「地才」小天后蔡依林，上台致謝辭，內容大同小異：「感謝不看好我的人，你們給我的打擊。」儒家的以直報怨太落伍，江湖的笑泯恩仇太矯情，而漢摩拉比法典睚眥必報那一套，好像也不易履踐。我們時興的是一款新的暴力美學，即時更新的正義，「野蠻遊戲／不同情可憐」之外別構一體，「恩怨」再不偏重一義，而是以更機巧的邏輯交混合體，造語出新。

一個感謝仇人的時代，可不是？

汲取對方的打擊、殘忍和惡意，藉著仇恨，憤怒與痛苦作為信仰。這是一種美麗的恐怖主義，而她們反而變得更勇敢，更綻開。美與痛像是一對相互猜疑、較勁、耍心機，卻又彼此取暖的姊妹淘，藉由他人加諸的苦難，讓自己變得更強。

但這種強悍總得背負失控狂暴的風險，血肉造的臟器被掏空，調換成冰冷岩礦，身體像融塌的泥偶般嘴歪眼斜……我們始終沒能從那個「不要輸在起跑點」的競爭時代度脫而出，換場分鏡，恐怖感就和我們當前處境鏈結在一起：十四五歲的花樣少男少女，深夜簇聚公園或校門口，那種古惑仔電影才出現的嘻鬧髒罵和崩壞青春的等高線，輕易被橫向移植。

「霸凌」起初沒有特定引領者，少年滿腔暴躍異想與壓抑，找到缺口、某個倒楣對象。一開始只是假裝無視他存在，接著在木頭桌椅塗寫立可白髒字，美工刀劃破書包，參考書筆記本扔進垃圾箱。暴力積漸疊加，原本微型的正義良知，在自身可能淪為受虐者的恐懼中作罷。「這沒什麼不對」成為團體裡的集體潛意識，恩怨情仇，歡快與傷害交互串演。但我們不能期待每個在蠶繭裡掙扎的孩子，最後成長為小S、蔡依林，或來日翩翩的蝴蝶，然後去感謝那些傷害過自己的「恩人」們。哪怕前程怎麼風光明媚，多堅強多勇敢……

疼痛不曾消失。

二十世紀掰掰

有的時候我也會想，那些崇高的、名見經傳、姓氏拼法被反覆謄寫的偉人們，他們的雕塑或肖像巍峨聳立在街角或廣場，是否與他們「先走一步」有關？在悵惘無可逆的流光詠嘆調之中，我們踽踽拖行的肉身必將不斷敗隳、壞空，於是唯有藉著預習悼亡，來緬懷那些星空裡若現隱的光點，然後把他們當作標記歷史的熠熠座標。

但李維史陀（Claude Levi-Strauss）[1]恰巧是這套偶像早夭論的反

1 李維史陀（一九〇八—二〇〇九），法國著名人類學家、哲學家。其所建構之結構主義，對當代社會科學影響深遠。著有《親屬關係的基本結構》、《野性的思維》及《憂鬱的熱帶》等書。

證。對我來說，隨著他的逝世，二十世紀這才正式宣告結束。

在此之前，李維史陀大概是這個時代所倖存的最後一個結構主義者。結構主義相信一個完整、對稱的宇宙論。世界由二元對立組成。轉喻換喻，光明黑暗，寫實與浪漫，甚至是連童話故事都已經不說了的，好人與壞人，善良與邪惡……

但那也只不過是學校裡背誦的無意義綱目。出了學校，誰都可以任性地把語言學、結構主義、神話人類學為書名的參考書，蓋起索引或關鍵詞，消息在傳遞的過程中改頭換面。於是，暫寒乍暖的季節，某個迢遠異境的百歲老翁壽終正寢的新聞，和櫛比竄出頭的黑心食物、台灣之光的球賽或每年都有的收賄弊案比起來，變得無足輕重。

當然，翻箱倒櫃，勉強能搶救回一些像黃金三階段，交表婚配或基本親屬結構之類的冷知識。但真正教人感傷的是——我們輕易地和一整座語言邏輯，以意義與符號，方程和圖表編排成的二十世紀，稀鬆冷淡說「掰掰」。就像一支爆紅卻空洞的MV，就像和隔壁歐吉桑倒完垃圾臨出電梯的一瞬。

時空推移，我實在很難想像或形容——這世代的哪個傢伙，後來可能會成為倖存者，田野調查家把你叫做耆老，告訴你，你曾經和羅蘭巴特、魯迅還是普魯斯特生活在同一個世紀，死亡與誕生。他們的故事，你看來毫無邏輯的拗口公式，變成教科書裡面幾經螢光筆劃過線的重點；在朽腐圖書館的黯淡迴廊，由文藝女學生吟詠反覆；或抄寫在沒有板擦可更換的舊教室黑板裡……

我們這個世代沒經歷過什麼傳說中的驚濤駭浪，現世安穩，甚至和平過了頭。網友藏身網路世界，複製著微型的世界大戰。虛構的、只發現在匿名文章內裡的戰役，被名曰「□□之亂」，宛如大歷史紀事本末體裁特有的書法，「襄公十一年春正月，楚師伐宋」。我們存活於一個再無刺激無結構感的新世紀，卻依舊幻想雄壯威武，弭平亂世或揭竿起義，投入某種正義、或恰與之相反的……亂世離我們太遙遠，一切都在暗中給動過手腳，拆開的電路板，焊斷半截銅絲，或鬆脫了一個螺絲鉚釘……然後我們就再認不得一路演變至今的進化論。就像探索頻道的連續曝光攝影機，錯過嫩苗抽芽開枝散葉的帶過劇情，快轉到了滿園花開。

嫣紅奼紫，這編纂好的盛世花期幾乎像二十世紀那樣漫長。緩慢的頹圮與無痛的絕望，像新病毒似的到處叢生。我們就真的以為下一個世紀、下下個世紀，甚至是小叮噹或朝比奈學姊過來的迢遠未來，都會像太平無事？除了全球暖化、北韓導彈或金融危機以外，再沒什麼好擔心。就像終於船行到了無風帶，卻詫然一瞬間季風再不吹動巨幅船帆，水手們只好將底艙原本要輸往新大陸的馬匹推落海底……「我討厭旅行，我恨探險家」，我們的探險家李維史陀，用這話作為其書《憂鬱的熱帶》第一行，何其反諷地。

再見了，這個以動亂、夢想和理論結構而成的二十世紀。以及在這個世紀誕生與死亡的偉大的人們。

馬賽克之國

在馬賽克技藝尚未純熟的年代，白濛濛的迷霧團出現在畫面的關鍵處，如裸身男女交媾之下半身、性器、體毛。那灰褐成團的反白色塊，隨著男女演員的激烈動作而快速閃跳跑動，甚至有些跟不上畫面的來回翻轉。

到了馬賽克時代，更不消說，原本清晰觸目的變成格格截截，破碎支離卻又肉是肉，毛是毛，成為觀賞者在畫面中的刺點（Punctum），凝視她的凝視。慾望他的慾望。這視野的躍進、或典範轉移，很難不讓人感違和。某一瞬我們赤身裸體站在大面鑑人的穿衣鏡前，還嚇一大跳。該打上馬賽克的區塊怎麼變得如此清晰……

然後沒要多久，我們發現更多碎碎影格，出現在庸常稀鬆的頻道。

舉凡像車禍意外中的殘肢斷臂，完整卻死去的身體，某些犯罪者，某些名人或犯罪者的親族或孩孥，女主角袒胸爆乳卻不露點的線上遊戲廣告，甚至是天王名模甚至是卡通人物手舉揮彈菸蒂的那只手腕……都給被打上了莫名其妙的馬賽克，從此之後禁止播出，或改到鎖碼頻道。

接著我們像在電腦商場的暗巷幽弄違法買A片似，進電影院，看殺人魔互殘虐殺的情節，那分明以道具血漿、以化妝技巧贗造的——將生人肢體以斧頭電鋸活剝生吞，角色們的頭臉被割皮剜肉，污血體液腦漿肆流的場景，變成我們快感之來源。因為真實的身體與其各種變異，像《搜神記》或《聊齋》那樣的血淋淋場景，被徹底封鎖、模糊、馬賽克化之後，它卻陰錯陽差，扭轉成了我們慾望投射之客體，於是本來何其普遍、到處存在的畫面，此後動輒禁止，甚至遭到全名為「國家通訊傳播委員會」的NCC開罰。

這不僅是去聖絕智或伊甸園崩壞的隱喻，也不只像布紐爾（Luis Buñuel）[2]電影《自由的幻影》（*The Phantom of Liberty*）演的那樣：邀請賓客在餐桌前集體排便，卻躲進小房間用餐的文明禮儀顛覆。我們的道德、羞恥、典章與容受度，正在以一種緩慢而奇特、集權且絕望的模式逐步修正、重組。恩田陸在青春小說《球形季節》裡，夾敘了一個寓言：山裡的孩子們開始上學，原本澄澈的眼神變得混濁不清……

每每傳出新聞局要開罰、警告，三令五申，或堂皇搬出「婦權團體抗議」、「戕害孩童心智」云云，很難不讓人懷疑，那些所謂婦幼保護組織、教師工會等昭昭恍恍的一大串「衛道主義」符號，到底是真實存在，透過基金會、財團法人或非營利機構運作中？還是根本就是不存在的反道德、反良知、反烏托邦集大成？我們先用自我歪斜意淫的想法，把一切美好和原初形象扭曲玷污，接著，再慢條斯理幻構出某種團體或禮教，來個以淫止淫，欲蓋彌彰……

2 布紐爾（一九〇〇—一九八三），西班牙著名導演，被譽為超現實主義電影之父。曾執導筒的代表作包括《安達魯之犬》、《青樓怨婦》、《自由的幻影》等。

「不吃人的孩子，或許還有」，但在幻見中被過度保護、阻絕一切資訊與真實鮮活的孩子們，只能往那畫面隱蔽的馬賽克裡，定義這個世界的邪惡——因過度遮遮掩掩而蔓衍的夢魘。這就是「惡托邦」（dystopian）。矯枉過正，但我們的委員會依舊秉持信念，勁搞搞、眼睜睜，盯著那黯淡曲折荒涼的畫面邊緣，之乳溝，之槍砲彈藥刀械，之抽菸指尖，之不正當不正常不適宜，不符合善良風俗道德教化的畫面……

我真想知道委員是不是天真的以為，馬賽克塗抹過後，我們從此就擁有一座純淨敞亮的視線桃花源？事實是——清高的組織機構，不經意再現了自身的邪惡本心。明心見性，我們要不要再搬演一次陽明學的那套「一心發動即是惡」的超道德論？

我雖不願意成為衛道平衡的另一端，卻也忍不住要問偉哉ＮＣＣ委員們，您們未免忒多事了吧？

輯四

上河圖

想我螢幕裡的朋友啊，你們到底是誰？是確有其人，或僅是寂寞的具現化，像《神隱少女》裡吞食了所有幻想的無臉男。

勇者傳說

初認識矛馬的時候，你還在新手大廳閒晃，等著接任務、開傳送門。無奈給新手解的任務少，經驗稀薄簡直羞辱人。蜘蛛洞窟，太遠了；亡者聖殿，裡頭的怪都強猛暴衝，血厚難以招擋；復仇者森林嘛，你不太確定要怎麼去。好像得沿史萊姆墳場東南方叉出的第三條路走，先穿過王城邊境，然後往下……歧路亡羊，你對複雜且幅員遼闊的大地圖，一籌無展。

說真的，線上遊戲看似小異大同，但從初上手，沒有老資歷的高階玩家帶入門，還真的是無所措其按鍵……

矛馬，以長矛作為攻擊主力的亞馬遜女戰士簡稱。完成組隊儀式後，你隨她潛形骸影、竄入蓊鬱叢林。四周黑雲籠罩，隨時都有嘴歪眼斜的坍塌人偶，朝準你們攻擊：毒箭鐵蒺，鋒鏑刃矢，還有火樹銀花灑濺噴射的各式魔法，幾看不清來敵招式：冰風暴、火焰彈、毒藤蔓、幻影反噬、狂熱磁場、影子咒縛……左支右絀，螢幕中央只見矛馬的嬌柔身軀，英勇捍在你前，一夫當關，不讓鬚眉，化劣勢於神奇。她一身閃熠熠的哥德式戰盔，還附帶+8的元素防禦屬性，深邃的乳溝從鎧甲罅縫裡透顯出來，若顯若隱，金褐色的長髮迎風飄颺，你幾乎要感覺到鼻尖側頰的髮絲觸感……

推完副本你整理行囊，多了一枚+3的伊卡洛斯盾。矛馬說以這場難度中等的副本來說，掉此寶尚可，勉堪一用了。矛馬透過耳機，指揮你攻守進退，她的聲線清朗空靈，指令有條不紊。初場征戰後你問起矛馬的升級策略。矛馬說她全身行頭造型，自得付出「代價」。你懂她所指為何，遊戲幣，那並非我們所揣想：湯姆熊遊樂場那種沉甸甸圓潤潤的鎳幣。不過是點數罷了，便利店買來的加值包，輸入代碼，接著遊戲裡的人物立刻財雄力富，英姿綽約了。

你當然也花了錢，真實而觸感細膩的紙鈔。遊戲世界把花錢買裝備、買點數的行為稱之曰「台戰」，並非靠著經驗值、技巧或時間，純粹是以新台幣決勝負鬥輸贏。兵不厭詐，這是戰爭。

像第一次愛撫著初戀女孩，想解開胸罩後扣那樣猴急，你草率以指甲尖剝褪掉膠膜，將剛剛買好的點數卷從包裝掏出，然後輸入十六位數的商城啟動碼，縝密核對。遊戲幣數目從原本的阮囊羞澀，高速攀昇，你再度登上英雄排行榜，功勳彪炳，雄壯威武。我們大部分的時候都當不了英雄，此刻除外。

每次輸入完啟動碼，你都會再懊惱了一次，不是裝模作樣，你也知道這是買空賣空，飲鴆止渴。你鎮定著，用朗讀比賽的抑揚頓挫告訴自己：這真的是最後一次了。但每次當唇腔咬到「最後一次」四個字的發音時，你又猶豫了起來。小學四年級那年你染上偷竊癮，專挑文具店下手，賊贓甚微，第一次是千鳥綾格紋路的色紙，你將兩包嚴縫細接黏合在一起，然後放上櫃台結帳。

你指尖些微顫抖著，但老闆娘渾然無感。

之後你屢次偷竊，橡皮擦，立可白、握筆練習器等小物，挾藏拐帶，你竊取最大的物什是大型的機器人鉛筆盒。各類收納空間可隨按鍵彈出，甚至任意竄製造型的第一代變形金剛。你將之壓埋進制服外套深處，堂皇之沒事一樣地走出店門。然後用顫抖的手將鉛筆盒拿出來，塞進抽屜深處，落了鎖，說什麼也不敢拿去班上炫。「這真的是最後一次了……」

後來你才知道，這就是癮。壓根就沒所謂最後一次。

•

矛馬甚少聊起私事。所謂的「私」意義分歧，至少在耳機飄忽模糊的語音裡，在一行行閃爍銀白光輝的字痕裡，真實與偽造像親密的雙股螺旋，結成一束。矛馬說她初出社會的暫態時光，待過一間大型教科書出版社，離職後專帶小孩。賢妻良母……你驚詫、感傷而失據，那窈窕性感和矯健身手終究只是遊戲身影，真實生活中的矛馬已為人妻、為人母。但她卻回你了一句深具哲學命題的辯證：「家庭主婦，只是我現實世界的身分而已。」

矛馬也告訴了你她在虛擬聊賴的現實世界離職原因，小主管因肉眼難辨的行距誤差，眾目睽睽對她狂吼。雖然那不過是現實生活，但此後她決定要更精確妥切打點好每次任務和關卡，「從現實生活學到的經驗，讓我在遊戲裡能克服難關，上次在地獄底層打梅菲斯特，我總共被他砍倒二十幾次，他還能無限回血、外掛抗冰抗風暴抗魔法屬性」……梅菲斯特已經不是那與浮士德邪惡交易的惡魔原型，搖身成了振衰起敝，帶領矛馬走出失業症候的心靈導師。

我真的非常感謝當時的主管、和不斷打擊我的梅菲斯特……矛馬說，感人肺腑。如果這段感謝辭鐫寫進釉綠色格線裡，就會像極一篇流暢勵志的作文，我的夢想，或我的志願。

隨著和矛馬的對話趨於深刻，你眼前的方形平板液晶體也趨廣袤開闊，並非隱喻地——它代換了原本的世界。色彩飽和鮮豔，周遭走動的旅客，盡是中世紀裝扮，聖騎士，魔法師，僧侶……可不是？瀕臨退學的延畢生，也不過是你現實世界暫時選擇扮演的職業，若推不倒王升不了級，大不了就砍掉重練。像童年熟悉的卡帶遊戲：紅白制服相間的水管小人，無論被水淹火焚針刺墜崖，只消按下「重來」的按鈕，登登登登登，登。一切重新開始。

你和矛馬協定十點準時上線，徹夜推副本，她依舊沛然當「坦」，無畏延敵，你則專司補血補魔等軍需後勤。你等級微幅上升了，盾牌還拿不動，且無論是裝備鑲嵌寶石、武器改造、防鏽、增加毒火雷冰四大抗元素屬性……都要台幣與之周旋。進退不能，你用罄零用錢卻升級效率低落，於是連白天都掛起修練，精進等級。譬如為山，雖覆一簣，吾往也。小學時期，被以濃黑書法謄寫在教室壁報上的標語，現在誦讀起來是如此響亮、激勵人心。

網咖的卡座深處，煙霧氤氳，熟悉的咖啡氣味與菸香，將整座世界如繭般包覆住了，小心翼翼。繁盛，神聖，安全之所，應許之地。店員早料你將全天蝸窩在這個座位，逕端來咖啡和奶茶。鄰座小鬼專注打一款射擊遊戲，猛力敲鍵盤，鏗鏘作響。多麼祥和靜好的世界，你焚膏繼晷以鏖戰，滴咖啡未進。來日大難，口燥脣乾，即便世界和平，依舊口脣燥乾。

•

現在想想，矛馬失蹤前一晚的副本，大概是整個情節崩壞的癥結。那是一幕加開的副本，你和她對新地圖都陌生，摸索前進，你誤觸陷阱，惡靈骷髏和食人妖法師無限湧出，亡命鴛鴦雙雙被圍，你先陣亡了，敵眾我寡，恃強凌弱，矛馬終亦不支倒地。

伺服器列出死亡玩家以昭公論，折翼鎩羽，矛馬抑不止挫敗的怒意。「你搞什麼？我們可不是在扮家家酒！」隔著耳機盛怒猶價響，你熱切感受到她的萬丈雄心。或許現實生活裡她不過是平凡的女生，脂粉未施、環抱嬰孩。但螢幕裡那颯爽操戟、發足狂奔的，才是她真正的模樣。

也就在那行對話傳來的同一秒鐘，就在螢幕光影明滅、視覺暫留的一瞬，你愛上她了。這無疑是愛情，如此真切又如此虛擬，宛如夢境。

但你卻沒想到那是最後一次看到她。原來「最後一次」真正到臨時，我們如呆騃木雞、渾無知覺。

隔天你沒等到矛馬上線，還以為她對那場副本耿耿於懷，你只得隻身往黯黑牢獄邊掛修煉邊等她，虛擲一整晚。接連幾天她再沒現身，你查閱她的連線紀錄：帳號依舊，全身的裝備也還閃閃燦燦，宛如美麗花朵，行蹤與香氣皆杳然。隔壁座位的小鬼暫擱下五零機槍，轉頭過來虧你，說你的矛馬大概去當兵了，不好意思告訴你……

別後數日，你才在早餐店電視看到新聞。你們的遊戲名稱被以腥紅字體標記出來。報導說少婦因沉迷遊戲，導致才九個月大的嬰孩陳屍家中三晝夜無聞問，少婦已因殺人與遺棄罪嫌移送收押。

何苦來哉？為了現實生活有人物掛掉這種莫名小事，矛馬竟然放棄了原本雄渾的夢想。你揣想：矛馬肯定是圍繞著蒼白泛冷的嬰屍良久，四處巡逡，確認沒有掉寶後才離開。血條歸零之後，過五分鐘就自動傳送回新手大廳，不用撿屍體也無所謂。

也罷，在披荊斬棘的迢迢旅途中，總是會有一些意志不堅的淘汰者。因應新伺服器封測，馬上會有三種高難度的大型副本加開。你等級升上去了，力量值正好足以拿起伊卡洛斯之盾（+3），整裝待發。

希臘神話中，伊卡洛斯以蠟作的翅膀逃出監禁，卻因為飛翔太高、太接近太陽，熾熱導致蠟翼融化，墜海而亡。但生命的意義不正在於挑戰那些不可能？比起來，現實生活無限循環的考試謀職，虛無飄渺多了。

矛馬沒有完成的矢業，任重道遠，行路難，現在落在你的肩頭。

畢竟我們的世界，永遠都需要勇者。

想我臉書的朋友（們）

最近看一個知名作家的臉書，才知道FaceBook的「好友名單」竟然有所謂的五千人上限。我們「一般人」——此處指的是名單充其量百來個朋友的庸常使用者，大概很難想像那阡陌羅織，像紅外線標記的衛星空拍那樣的浩瀚地圖裡，好友名單經歷以數十、百頁的頻率畫素整理，陸離光怪，颳來馥郁奇香。

作家因此詔告友人訪客們：由於等待名單尚有以千計的交友邀請，所以她不得不重新檢視「朋友」這個框框的定義，尤其當它進入網路裡的符號後的模樣。

可不是嗎？對浸淫少年成長漫畫的我們一輩來說，「朋友」指的可是那種熱血澎湃、激光散射，說什麼都要捍衛要守護的「最重要的人」。從《七龍珠》裡的悟空和悟飯、《幽遊白書》的桑原和幽助、《獵人》裡的奇犽和小傑、《火影忍者》的鳴人和佐助，到《航海王》裡乘著千陽號朝向偉大航道邁進的海賊們……哪次不是這樣？當主角慘遭大魔王摧殘虐擊，氣力放盡遍體鱗傷之際，總得回溯到了無限透明、雄渾耀眼的華麗友誼本身。

「因為桑原是我的朋友」、「我一定要把佐助帶回村子」、「他們全都是我最重要的夥伴」……接著，一轉瞬一眨睫，勇者召喚前所未有的巨大精神能量，優劣扭轉，強弱翻盤。

那麼，光陰推移到了後臉書年代，「朋友」對我們而言到底算什麼來著？只消指尖點擊邀請，加入名單，認識的不認識的，說過話的，買過書的，隱約聽過這名字的……即便我們終其一生彼此交集、能記下綽號面孔的人不過兩三百個，但大部分的資深臉書使用者都很輕易就超越了這數目。上限，你沒試著去揣想這五千或一萬的額度，到底是以什麼樣的人際砝碼或腦皮質層的記憶、數量來推估……但可以確定的是，他們大多數不是「真正的」——於現實生活裡定義下的朋友。

如果說他們偶爾針對留言近況推個「讚」，或當誰在奢昂繁華地景打卡時發現他們身影，那其實也無傷大雅。只是，當那些分明不清楚長相、人際網絡位置的人、或帳號，出現在留言回覆裡的時候，真讓人無以招架。「這家店我也吃過，滿不推的」、「你的說法我不太同意」，所為何來？你狐疑拳拳，想說或許是啥時空場合認識了這等精通文學理論、政治學論述的專家，誠惶誠恐連去這位好發妙論的高人大師處一瞅，這才發現你和他之間，不過就兩位共通朋友，且還是任誰都有加、大眾緣大眾臉的大眾人物。

這傢伙到底是誰啊？我要怎麼回他？

你發了篇關於最近買的小說，某個素未謀面的「朋友」從人物形象情節鋪衍以及晚清以降的小說史發展談起，一路扯到排版美編行距的闕漏；你轉了篇藝人與計程車司機衝突的新聞，又來了個不知道何時加入的、疑似文化觀察者，告訴你必須留意其間的階級、性別、仇富、民族主義，以及網路鄉民組織的、集體暴力共同體……你只好按個讚，然後推一句「XDDDD」表情符號，等閒度，不然還能怎麼辦？人家多麼認真回了你一篇近乎學術論文的演說，難不成能和他收臉書刊登費？

不消多久，那真實與虛構的共價鍵更翻轉過來。經年難得同學聚餐，大夥還沒坐定，忙不迭先掏出智慧型手機，女孩子用沾著黏了彩繪指甲片，俐落臻熟地打卡，發訊息，指尖在平板螢幕上滑來滑去。我們彷彿漆黑海底以頭頂光源打亮彼此身影或誘捕獵物的怪魚，藉此告訴對方：自己渴望被注視。「你在哪裡」、「你現在和誰在一起」，無所遁形於天地。就坐你對面的同學率先一步打了卡，代表有新回應的紅點在你手機裡閃爍起來，「您已被標記在David Tsai動態更新中」，於是自己也忍不即時回一段文。抬起頭才發現，從當年認識到現在，其實沒說過幾次話。於是原本想親口說的話梗又扼口噤回，「朋友」的鏈結僅發生於臉書之中。

我們看似人際從容，三五十則塗鴉牆熱門動態，逐一清整回覆，並等待那上方的紅點再次現跡，相濡以沫，但這無疑是張愛玲式的格言覆寫，蝨子從華麗旗袍的那一面爬到這一面，摧枯拉朽，像粗心的骨牌挑戰者，輕輕敲擊著鍵盤，就足以讓整座乳白色蛹般的世界隨手塌陷。

當臉書對話的頃刻，我們搞不好真的是朋友，但轉身就什麼都不是、不算了。倫常定律代入公式，體己話當成客套詞，莫逆知己換成虛應故事。想我臉書們的朋友們啊，你們到底是誰？確有其人，還僅是「寂寞」被具象化後的幻想物？像《神隱少女》中那將一切吞噬殆盡的無臉男……

從逆理論的角度來說，臉書讓我們友誼圈以極膨脹失真的等比級數擴張，但事實是，他們終究不是桑原或佐助，不是值得一生懸命去捍衛的光燦燦友誼。甚至，他們在某過平行時空扭折錯身的結果，成了贗裡之贗，偽中之偽，是離開了電腦螢幕屏障後，在人生攻略裡再無交集的虛構人物。就像電玩裡負責拋任務賣商品，卻與主角毫無關聯的NPC（Non-Player Character）。「朋友」這般，情何以堪？

那好友人數灌爆的作家，兩小時以前又發了一則圖文動態，照片裡是斜陽覽照之下荒原的氤氳，微黃，淡綠，絕美而無以言喻的魔幻時刻，才消兩個小時不到已經積累了五百人推讚，或許得要量化研究的社會學家，才足以分析五百個名稱符號的目的、特徵、場域或意圖，但當你也從眾從俗，還沒仔細點擊內容，就馬虎按下「讚」的那一下滑鼠清脆聲響時，終於，自己也成了陌生人之一。

永遠的男孩

當山巒壑底那具屍體，被確認是遭遇山難的《蠟筆小新》作者臼井儀人時，討論區湧現數以千計前來悼亡的粉絲。你想到的卻是，原以為永遠長不大、永遠繼續用他的鬼靈精怪抵抗這個大人建構無聊世界的小男孩，終於也要離我們遠去了嗎？

《蠟筆小新》十七年連載，或許猶非《小叮噹》、《龍貓》等橫跨昭和平成的國民偶像來得根深柢固，但野原新之助一家人，和整個琦玉縣春日部市的人際網絡叢，彷彿與書迷的生活場所連結在一起了。而這歲月靜好、煙塵濛曖的鄉城，不斷補綴進日常現實也親切偶邂的角色演員——多嘴饒舌的鄰居歐巴桑，旖旎耀眼的娜娜子大姊姊、化妝過了頭的松阪老師……那麼熙攘卻平凡的生活故事輕易而妥切地，變成我們的青春與成長的注疏。

就算不是小新迷，也多少能搬演新之助的幾項不傳絕學：露屁屁攻擊、屁屁移動、動感超人之動感光波……在過程中，我們於是誤以為，這一輪太平盛世就像小新所演繹那樣陽光和煦，現世安穩——瑟縮狗屋裡的寵物小白，等不到小主人帶牠蹓躂；開車技術欠佳的老媽美犽，總睡著沒有盡頭的午覺；腳臭的老爸廣志背負三十年房貸，扮演平庸上班族。盛夏的蟬聲、夕陽映照的動感幼稚園，如封絕閉塞於紛擾俗世之外的向日葵小班，那個永遠五歲的、喜歡開高衩泳裝大姊姊、喜歡動感超人的濃眉大眼男孩，以歡騰、胡鬧、唬濫、惡戲，或陰錯陽差的愛情、勇敢和信仰，歪打正著拯救了這個世界。

這一切好像繁華夢境甬洞以外的那個房間裡，按劇本排程上演的故事和故事。那是一個用夢想和幻覺，就可以剛好整除的最大公約數。

幼年時我們多少偶有疑惑。何以暑假匆忙結束，大雄、胖虎、靜香依舊坐在四年級的教室，寫著千篇一律的整數相乘法；櫻桃小丸子何其獨厚幸運，繼續坐在她最末排的雙人木桌，隔壁就是此生最要好的姊妹淘小玉；更別說萬年小學生名偵探柯南，和從小蘭姊姊變成妹妹的女主角。我們被拋入時間流動的規則內裡，被賦予匍伏前進的超級任務，然後和電視螢屏裡那些無有衰老無有變化的卡通演員，在黯淡迴廊轉折處，嫉妒傷感地錯身。

然而隨著作者殞落，虛構擬像而成的整座海市蜃樓，一瞬就崩解，灰飛湮滅。野原廣志會不會升上夢寐以求的課長呢？風間會不會變成公司董事呢？愛漂亮的妮妮、流鼻水的阿呆還有小新小葵，他們長大之後會做什麼呢？還是這注定了他們得像紫衣吹笛人或彼得潘的童話，時間靜止，然後，永遠在幻想的烏托邦裡，再不長大。

精神分析告訴我們，人受到創傷當下會將之壓抑，多年後才反應出來，這叫「創傷延遲反應」（deferred action）。不過有時候理論也可能與時進化。新世代比前過往，更不善於隱蔽與壓抑，我們被侵蝕損害、痛徹心扉地嘶吼、困躓、失聲痛哭，再很快地自我療癒，復原，然後伴隨著漫畫夾頁誇張而全彩的圖畫與對白，奮力一躍，一夜長大。

至愛無罣，至痛無言。大人們搞不懂這種與生俱來的療癒體質，這就是「赤子之心」，心裡長駐著一個像蠟筆小新那樣的五歲男孩，所以我們可以放肆地無厘頭、胡搞、惡作劇、口沒遮攔，在穿越一切意義之後，揭穿那真相或現實本質的意義。

大部分的時候，五歲的男孩都會長大成人；大部分的時候，動感超人也沒辦法及時趕來，拯救山難的漫畫家或瀕臨破繭疼痛的青春期少年們。但有的時候，青春將成為隱喻，變身為一部電影、一本漫畫或一個卡通人物。然後我們就得以回到過去，甚至不需要那個現在改名叫「哆啦A夢」的機器貓、或大雄抽屜裡的時光機。

小實力

在樂團棉花糖的〈小飛行〉尾聲，主唱以微沙卻輕快的嗓音動感誦唱著，「這是我的飛行，我的小小飛行」。你的學生熱情洋溢推薦你這個歌名或隊名皆陌生異質的樂團、還「揪甘心」塞過來MP3耳機，你這才恍然體悟到一個以「小」為名，以「小」作為典範與度量衡的新世代，正式到臨。

自哈佛教授約瑟夫．奈伊（Joseph Nye）提出「軟實力」，用以探討新的國家實力變遷後，該理論出乎意料在各個學門開枝散葉。但名之曰「軟」，其實沒那麼妥切。照這理論來說：舉凡貿易順差、外匯存底、文化兼併、殖民後殖民或跨國商品離散背後的資本流動……這些個強而有力、雄壯威武，動輒牽動一國財金方案興衰消亡的指標，只要不屬大砲坦克手榴彈步槍戰艦等軍事實力，都以「軟」稱之。但這樣的實力，歸根究底，其實一點也不軟，它也不能解釋現代性帶來的「傷害—療癒」鏈結。

這話怎麼說呢？身處全球化、高度資本主義化的社會的我們，稍有不慎，難免受到高度聚簇的競爭、羞恥、殘忍、差異與疏離感的「現代性」損傷，文化工業有鑑於此，有償有料附贈我族好幾門自我治癒的文本。於是，我們有了「療癒系」的電影、「療癒系」的情歌、「療癒系」戀人或偶像劇。但除此之外呢？歌手步出舞台延伸的幻術光廊，化身極域之夢裡的神姬，唱著甜膩發餿的旋律，誰真的在這場資本主義設計出的實境秀裡，抑制傷口的潰爛化膿？根本是請鬼寫藥單了。

但「小」則是一個完全不同的概念。蘇打綠的〈小情歌〉紅透經年，榮登KTV必點情歌排行榜。乍聞初聽，你還曾疑惑不解，情歌就情歌嘛，還能分大小乎？主唱青峰的聲腔清朗嘹喨，唱著「這是一首簡單的小情歌／唱出人們心中的曲折」，五色有紅紫，八音有鄭衛，在

《詩經》系統裡，情歌原本就屬社會寫實的抒情傳統，但對新世代而言，過去大論述定義的愛情，總寄託太多轟轟烈烈或雄渾崇高。更糟的是那隱藏於愛情合約背面的定型化契約：承諾、信仰、牽絆，甚至是最極端的毀滅性進程——婚姻……都太過堂而皇之，成為無以承受之重。

所以我們開始需要小，越小越美麗。周杰倫〈簡單愛〉不云乎：「能不能這樣牽著你的手不放開／能不能簡簡單單沒有悲哀」……愛要輕鬆、要恣意、草率，不刻意不強求。那麼承載愛意的情歌，當然也得以「簡單」為旨，以「微小」為要。

就此邏輯而下，〈小宇宙〉、〈小夫妻〉、〈小小幸福〉、〈小小夢想〉……等歌名專輯遞迭叢生。一如棉花糖「小飛行」這張專輯，當年萊特兄弟飛翔於天際的鴻鵠之志，對我族而言不過是訂位、開票、秤重、寫託運單那樣的輕易；巨型噴射客機稀鬆平常地穿越換日線，當宏大壯舉變得很輕易的時候，「小」不就反而顯得難得了？

在舞台劇《暗戀．桃花源》中，江濱柳感嘆五十載光陰荏苒的上海與台北：「在那個大時代，人變得好小好小，到了現在這個小時代，人變得更小了……」，「小」未嘗／有何不可，至少我們擺脫那個非得贏在起跑點、經濟起飛、建設寶島復興基地為救贖的大時代，奮臂迎接後現代。

然後你這才發現，電視裡動不動嚷嚷的「殺很大」，不過是語言學的反諷（irony）與換喻（metonymy），大小相形，高下相傾，就是因為一切都那麼荒蕪渺小、不成比例，所以周遭的幻影蜃樓都相對顯得「很大」起來。宛如愛麗絲的鏡中世界，宛如遊記中來到巨人國度的格列佛。柔弱生之徒，就在微小脆弱蒼白易碎的落差中，我們見證新範式與力量。就像那齣皮鞋廣告裡：蹬著高跟涼鞋，卻出人意表地不費力、不汗流浹背，輕鬆且率先登頂的長腿女孩……

這種實力，你懂嗎？

犀利

通俗文化本自有其脈絡，要拿父權不父權那一套動輒來吆喝，所言重了。如果說偶像劇也是一種表演政治，那麼從「辭源」來看，《犀利人妻》和它的百萬收視群，一點都不算政治不正確。

「犀利」者，言「兵甲之利」也。這個用法最早出現在《漢書》。東漢的張衡造了一個詞彙叫「犀舟勁楫」，到了南宋的評論家洪邁還覺得這個詞澀澀的，讀不通順。洪邁大概覺得「犀利」適合拿來形容兵器或是盔鎧，形容那種亮晃晃的箭鏃，蛇信般鋒利的鉤戟那一類的。怎麼能拿來說船？

從典故的變革來說，人妻的「犀利」是推陳出新了，但可沒有誤用典故。你如果還記得劇中幾個靈光襲襲、明豔動人的人妻、小三、女經理、女主任，花朵般的俏臉被擠皺得扭曲，憤怒瘋狂，嘶吼白眼，起手動腳，這還不是窮兵黷武，船堅砲利？

那窄裙套裝筆挺、蹬高跟鞋鏗鏘作響的OL完美形象，只一瞬就崩毀，在愛情漩渦裡載沉載浮，「在一段愛情裡，沒有愛的才是第三者」。這戀愛恐怖主義，能不能行之邇遠，其實很難說，但從片名到劇碼，《犀》反覆申衍這個道理：這不止是畸戀或奇情，其中牽扯了勝敗輸贏。雖然說獎品是男人的愛，這個梗還是有點父權，但每次看薇恩、愛琳姊來陰耍狠的幾幕，我怎麼都浮現《投名狀》裡李連杰演得那個龐青雲，頭角崢嶸背信忘義的嘴臉：

「兵不厭詐，這是戰爭。」

如果愛情就是一場仗，那麼每個席捲其中的主事者、倖存者，當然都得犀利了，得豁出去了。那麼，比起以前教忠教孝、最後給受害者來個善終善報的安排，你多少可以理解何以「小三」名正言順，何以飾演第三者的演員爆紅，成了閱聽者不願疼愛卻也不忍怪責——「可愛又迷人的反派角色」。

從人物形象來說，薇恩繼承了「花系列」而來的第三者「道統」。壞女生該有的俏麗短髮、陰險心機、天真無辜醚醇大眼、還有最後關頭的發神經，她無一不具備。這種故事類型我們稱之為「女力」，Girl Power。從軟、從柔、從欲望根源萌發的一種毀滅力量。

但我覺得更顯著的改變在於安真這個角色。過去第三者對抗的賢妻良母大抵柔弱順從，無經濟文化資本可言。相對來說，第三者即便不用全副武裝，晶亮外型加蛇蠍心腸，至少也要大膽世故，熟成俐落。那完全是剛經歷經濟起飛的台灣，最精準的「性別寓言」。女強人耀武揚威，家管婦一敗塗地。

但那時候系列的外遇劇訴求的是午茶時光的婆婆媽媽。時移事往，我們的觀眾年齡層下修，範疇加寬，高中大學生以至輕熟女，無一不著魔入彀成了《犀利人妻》迷。那麼居家／入世顯然不能成為衡量女生輸贏的決勝點，於是薇恩這樣形象的小三被形塑出來。她開始不強勢不粗暴，楚楚可憐嬌滴滴。柔弱生之徒，當滿街都是精明幹練的職業婦女時，兩個女人的對決回到更根本的介質：「青春」之本身。熟女可以靠著大變身來扭轉頹勢，但怎麼敵得過小妹妹的逆襲呢？

我覺得這樣的設定，與劇末與張愛玲的互文性大有關係。在出軌丈夫破鏡重圓的告白爾後，安真的「可是瑞凡，我回不去了」讓收視飆創巔頂，直到現在許多網友還用以台詞惡搞，卻不知這句台詞典出張愛玲的《半生緣》。《半生緣》的悲劇肇因於時代糾葛，瑞凡卻走過另外一趟庸常而逆崇高的冒險，他紆尊降貴在超市比價、親力親為清掃烹飪。曼楨說的「世鈞，我們回不去了」，是對蒼茫世情的控訴，但安真回不去卻也進不來，坐困圍城，這是父權眼光下對年輕旖旎肉體最殘忍的歧視與落差。

然後我們就長大了，沒有張愛玲了。當偶像劇最中肯的眼淚攻勢、與最終話摯情表白，再無用武之地的時候，這不就告訴我們：止戈為武，不如以戰止戰。會不會，這才是「犀利」的正解？

感情Line

先別說什麼「科技來自於人性」這種感覺良好的宣言，但也沒誇張到《機械公敵》那種——電腦反噬人類的災難電影。但總覺得隨換季而遞換的程式，成了我們小情小愛史的編年體。

最早的應該是「水球」吧，不是指校慶那種七彩疲軟氣球灌飽冷水、大規模毀滅性的遊戲，但它的命名確由此來。「丟水球」指的是電子佈告欄（BBS）相互傳訊息的功能，新世代常說的「密」（message）也是典出於此。其實那不過是限制一行、二十字、外加單調表情符號的互動模式，但那些年男校的你們，透過這種純粹介面初次和女孩們熬夜傳訊，摸索著另外一種黏膩軟嫩的口吻、語意或符號。大夥從BBS的虛構群組進而聯誼，靠著水球傳情、紛紛談起戀愛。

沒多久就聽說隔壁五班的光頭和他景美女友分了，或本班班代的中山馬子劈腿之類的，好像就在同時，水球功能進階了，呼叫器可以關閉、拔除、防水，限定某人或某群組無法傳訊、或隱身。你想，「隱身」這功能鐵定就是爾後Line或臉書「封鎖」的由來了。諸多研究者將之追溯至張愛玲云云，未免附會了。

程式或軟體讓我們在茫茫人海中邂逅，卻早已內建了分離時不如不見的配套措施。有一種相見不能見的傷痛，在數碼在程式語言的防堵之下，再無此困擾了。

接著就是ＩＣＱ時代——那年最潮的通訊軟體。如今課堂偶爾說出這三個字母，滿堂年輕眼瞳迷茫，頭頂冒出ＲＰＧ遊戲中招時的空心問號磚。還記得勇氣如流星雨最大值的那個夜晚，補習班老師正解著黑板上的橢圓作圖題，你把「給我你的ＩＣＱ號碼」的紙條夾上筆蓋，丟進前排ㄨ的座位，ㄨ將垂落的髮絲撩上耳際，撿起斷水原子筆，馬尾微微晃動著，沒辜負她的白衣黑裙。

接著你們脫離了蒼白且限字數的水球互動，進階到了ＩＣＱ，你現在還依稀記得她寫在回覆紙條上的七位數號碼，娟秀的像一首隱晦的贈答詩。

就像每段感情的開始與結束，你第一次用程式用華麗介面吵了架，第一次不回訊息，最後戀愛本身也跟著ＩＣＱ的那朵斑爛花瓣似的，一瓣一瓣閃著靈光，接著緩慢凋落。

你決心要好好認識「對的人」，談一段認真的戀愛同時，通訊程式走向了巍峨ＭＳＮ帝國。小紅人小綠人旋轉不歇，這本身就是隱喻。男孩女孩們注定在感情遊戲裡周旋著，雙人對舞，爾虞我詐或地久天長。

ＭＳＮ無論各種設計都符合人際的複雜經營。好友群組、封鎖、上線或偽裝離線，加上內建的黃頭表情符號，害羞哭哭，生氣嘟嘴，如果戀愛本身讓人們弱智而低能，幾個單調卻富饒的符號實則足矣，言不盡意，書不盡言，反正液晶螢幕的光痕折射中，或猶有玫瑰藤蔓蜷曲的濛曖場景當下，什麼都欲說還休。

你善用名單類別：曖昧的，有好感的，死會了的。女孩更有自己實用的群組編排。ㄌ朝雲暮雨，只把你當成免費司機、馱獸，呼來喚去；ㄉ姿色中上，仰仗白皙皮膚和娃娃音，勉強收入你的第二群組，但每次上線時間難以捉摸，動不動以「嗯嗯掰掰去洗澡」來搪塞……

你們被彼此歸類建了檔，分品第、論功能，這當然是工具理性的苦果，只是現實世界又何嘗不是這麼一回事？幾次回絕甜膩嗓音的接送後，你再也看不到ㄉ的紅人轉綠，「我被你封鎖了嗎」，輸不起轉生氣，你說什麼也要問她這句話，卻想到自己再也沒有其他可以和ㄉ聯絡的方式。

除了MSN，好像只剩飛鴿傳書了？

白雲蒼狗，也就像羅馬或鄂圖曼土耳其似的，多麼雄偉的帝國終有隳毀的一日。MSN傳出停用消息，小綠人終而靜止，再不轉動。「Line」，原本廣告裡女明星嘶吼鬼叫的新通訊軟體，除了免費通話，Line把原始而單純的表情符號發揚光大。情緒、場景、舉措，看圖說故事那樣，閱讀力低下的新世代回到單純的符碼本身，像甲骨片金文，像會意指事、蟲魚鳥獸的一枚象形字。

但訊息越簡單，曖昧的魔幻時刻也就更多空隙。貼圖裡，兔兔仰望的崇拜目光，熊大捧著愛心、花束或鑽戒的深情莫名。舉凡嗔怒求和，耍賴撒嬌，不乏有對應貼圖。大抵戀愛裡，不能明說的話太多了，貼圖讓Line成了羅蘭巴特說的流行神話學，神話無下限，而我們掌紋上的戀愛線也和智慧型手機縫合在一起，向遠方無止盡地延伸，最後綻放一朵未來感的花。

你想起童年時玩過的傳聲筒遊戲，線頭兩端掛著寶特瓶，貼上耳朵。線因為不夠長而被拉得緊緊的，聲音卻甚是微弱……

終於，你發現Line幫你把多年前即失聯的ㄨ推薦進好友名單。你無從得知它怎麼判斷你們之間盤根錯節的人際版圖。你還猶豫著傳訊的內容和時機，怕訊息旁顯示「已讀」的字痕，但對方卻再無回應。這同樣是Line另一個貼心而殘忍的新功能，對方讀過卻刻意忽略的這件事回傳到你這兒，像王安憶《長恨歌》裡最感傷的譬喻。寂寞化泥化灰，最後化為爬牆虎，爬過你們斑駁的心。

幻聽的瘟疫

堪稱宅男模範生的室友，展示從動漫展採集回來的精神食糧：鋼彈模型限量版，數碼寶貝全圖鑑，夏娜的波羅麵包造型滑鼠墊……只不過我還狀況外，看到電視裡倏忽而過「釘宮病發威，擠垮動漫展書牆」的跑馬字幕，搞得滿頭霧水。

動漫知識庫匱缺的我們多少還知道，日本動漫工業株狀圖盤根錯節，「聲優」這個獨特職業因應而生。聲音本身作為一種演技、作為一種漫畫角色建構形象、自我表述，自然得被重視。這次來台造成旋風的釘宮理惠就是聲優，且被喻為「釘宮病」的病源體。這個長相清秀、聲音如雪天使般輕靈卻又同時具備有爆發力的鄰家女孩，一點都沒有像歌手或明星球員的那種排場，這真的讓我們旁觀者更疑惑了……

她到底是誰？所謂的「病」又是所指為何（怎麼沒先在桃園機場完成檢疫手續）？難不成和喧騰騰的新病毒新疫苗的恐怖大瘟疫有關？

這或許得從釘宮理惠所配音的代表作《灼眼的夏娜》說起。夏娜是典型被設定了身世的女孩，她和其組織「火霧戰士」，無名字無情感，無愛之能力，為了無所謂正邪善惡的戰鬥，幾經輪迴在城市邊緣巡狩。每當開啟戰鬥時，夏娜就會召喚出一個平行於我們的世界，稱之「封絕空間」的場域，那樣的一個空間中，所有顏色為之黯淡，光線徹底絕緣於陽光普照的真實世界以外，時間靜止，感官歇停……

於是，這些正邪難分的強大精靈、使徒、妖獸和神魔，就在世界的同一側，以我們這群庸眾凡人渾然無覺的方式，進行了一場又一場，光影炫爛，瑰麗而靜默的渾沌戰役。

但很明顯地，夏娜和其聲優的吸引力不僅止此。夏娜在角色歸納上，被稱為「傲嬌系」，她刁蠻卻動感的口頭禪「吵死了吵死了吵死了」，被當作釘宮老師來台的賣點。何謂「傲嬌」？它既不能化約成青春期的叛逆驕縱，卻也和童騃的嬌羞怯生有些出入。傲嬌系的角色看似強悍其實脆弱，外表野蠻卻內心善感，她們憎惡巧笑倩兮、溫柔解語的那種父權凝視下的女主角，卻又在關鍵時刻口是心非、深情款款……這樣的角色竟然歪打正著，撩撥起這個世代的青年們——孤獨，冷漠，卻也渴望冒險，願意為心愛的人奮不顧身的勇氣。

有時候，我們實在不得不折服於這些動漫在塑造人物時的超距力。君不見當代文學圈，小說裡那些冷冰無感——動輒經歷千瘡百孔，官能纖細，楚楚可憐的；要不就放浪形骸過了頭——的女主角，和觀眾讀者漸行而遠。倒不是說動漫這類的通俗文本才是經典，只是人物形象構成小說的肌理，如果連個鮮明人物都沒有的故事，又怎忍教人卒讀？

本想對於釘宮迷的執拗和誇張作點評論，但何苦來哉？我們難道不曾因〇〇七電影換了男演員而罷看；因村上春樹換了譯者而覺得哪裡怪怪的。透過疾病我們才明瞭自己的不正常，或許偏執或許是一種病、對於聲優投入過度的熱情也是一種病，但超齡、世故或文謅謅，比起來還矯情。更多的時候，我們自我感覺良好，忘了讀者憧憬的不過是簡單的故事：木訥卻勇敢的男孩，陰晴不定卻因意外的牽手而墜入情網的女孩，如芭樂歌重播般的老掉牙情節。

於是，故事裡的夏娜，和幻聽裡的聲優，就成為真正的病源——她們為我們帶來了一場、具有療癒意義的瘟疫。

臉書病

談Facebook論述，無論是基於文化研究論述或潮不潮的迷眾心理，都有點過時了，但對新聞標題的「臉書發文無病呻吟」，倒也直陳其弊，一時間不知道該不該往臉書轉貼。

說無病呻吟可能太沉重，但確實經常在動態時報看到抄抄轉轉的，不知道哪來的空乏語言：例如「有些事你永遠不會懂」、「每天多愛自己一點」，還有更芭樂一點的，「葉子的離開是風的追求還是樹的不挽留」、「把握生活中的小確幸」……這些珠璣警句都像命題作文裡的資料庫，繡口錦心、七拼八湊，有時再搭配世紀末超現實正妹的無憂無透視的乳溝大眼，巧笑倩眸，底下按讚留言人數瞬間飆升，毫無邏輯無厘頭的對話，就此苟延殘存。

其實這還不是最扯的，更匪夷啟竇的是「打卡」這樣的行為、以及其命名。本來嘛，龐大資本主義的渦輪機芯用精準的時刻輸入功率，那麼上班族打卡之宗旨，在於更準確落實這套全景敞視的管理系統。但此一瞬，「打卡」成了臉書使用者沉迷以至於成癮的行為模式。這已經不是飲鴆止渴，簡直像童話故事裡，被迫喝下瘋泉的國王，推著趕著、不得不你也要加入集體瘋癲的一群。

從個別走向同一，從隱私走向敢曝。從現代主義以降，人們盡其可能追求的殊異性和與眾不同，從此神隱。想像力、創造力或文藝復興，距離我們太遠了。像感冒糖漿廣告裡、那隻學舌到令人生厭的鸚鵡——沒有選擇地，我們必須和別人一模一樣：打卡後別忘了大夥頭顱湊近，來個自拍合體，發表的動態不外乎火鍋燒烤吃到飽、戀人出遊的花樹燈海、貓狗兔鼠之類的常見寵物所擺弄出的各種角度、光影、截面和APP後製合成、卻意外相似而稠膩發餿的照片……

荒謬的事實是：它們生產那一刻起就是要用來炫耀的，但彼此又顯得那麼樣的庸常、粗糙、千篇一律。你更懷疑的是下面好友們所回應的留言：「好可愛」、「好甜蜜」、「好閃」、「看起來好好吃喔」……如此高密度雷同細節的重複又重複，會不會也只是內建的一套程式。難得動態裡出現了幾篇關於異國獵奇遊記，但它更像和觀光明信片合成鑲嵌出的：大頭塞進太平山夜景、晴空塔、金閣寺或曼谷的洽圖洽市集裡……就像錄音帶轉到B面的四十五分鐘，忽然啪答啪答獨自轉動了起來，拉開卡夾一看才發現卡帶了，黑色的磁帶纏纏捲捲，全給擠推了出來。

這成了我們這個一無所有時代的隱喻。

我們全像深海裡頭頂亮點的魚群，像密室裡乾癟的人形空氣，或緊急逃生出口上螢光綠色的安全門燈，告訴著他人：我們需要被注視。說無病未免也太等閒太輕忽，它當然是一種病，荒涼和孤獨就像不注意間書櫃背後悄悄張開的蜘蛛絲，黏黏軟軟的，包住了所有在網路線裡回訊按讚的溫熱身體。非典型流感那樣，再也過不了透明旋轉門前的體溫檢測器……

我們對旁人密集更迭的訊息草率按下讚，期待他人的光顧，收集讚和留言數目（甚至開始繳費以讓自己的動態更醒目）——像古早年代從凱迪拉克加長禮車走出的明星，紅地毯上盡是破碎爿爿的燈泡鎂帶。這就是臉書病，我們以幻想為圓心，夢境為半徑旋轉畫圓，好藉此提醒他人和自己：我是多麼耀眼。這種病徵或許還不至於入膏肓，只不過就是寂寞、寂寞的緣故啊。

小說的孿生兄弟

早些年，我們對電影有個帶藝文況味的稱名：「第八藝術」。顧名思義，電影是由原本森嚴的「藝術」機構，額外分派出來的。只是，望向櫥窗裡、新書腰帶撩亂文案，諸如「《暮光之城》原著獨家授權」、「《九降風》電影小說搶先讀」……你可能要問：「到底是先有電影，還是先有小說？」只是這問題現在看來，大概像阿基里斯追龜或蛋生雞的詭辯，非常難釐清。

小說的電影改編史，其實鑿痕斑斑。影文雙棲、早已名列經典的《索多瑪一百二十天》、《理性與感性》這類自不待言，幾個當代的暢銷作家如J. K.羅琳、托爾金、市川拓司……寫作效度絲毫不輸給電影工業的履帶轉速。小說版膾炙人口不說，電影版情節之緊湊、視角之流暢、敘事之曲折，幾乎讓我們誤以為小說家在寫作之初，就全配好了一整套腳本，隨程式運算即時代入。

電影可以根據小說改編，那小說會不會寫的像電影？我想看過丹．布朗《達文西密碼》或宮部美幸《獵捕史奈克》大概就不意外。幾幕飛車追逐、歹徒拿槍指著女主角，要脅恫赫，一邊解謎冒險，一邊亡命天涯的場景，簡直就像是預先加注分場表分鏡圖、或黏好了演員走位螢光膠帶的超文本。後現代嘛，小說家也難免被侵入腦海的電影思維左右，日本推理小說家西尾維新某部寫連續殺人事件的輕小說，書名還直接叫《電影般的風格》呢！

論通俗小說改編電影的，東野圭吾大概是其中佼佼者，他的作品一經改編即迭掀話題。早年的《祕密》，東野將「身分交換」這老梗放進一組三人小家庭（《我們這一家》裡的花媽和橘子也發生過同樣的事，只是更搞笑些）。女兒和母親魂靈一夜之間對調，於是關乎親情、愛情、倫理與伊底帕斯情結的衝突，在客廳飯桌熱烈開演。電影礙於尺度，小說則預留伏筆，佯裝復原的女兒直到成年，才對父親坦露這個塵封多年的祕密。

《信》（電影名為《手紙》）同樣處理親情的糾葛無奈，為弟弟學費而搶劫誤殺，鋃鐺入獄的大哥，和因親族犯行自幼得遭世界唾棄的小弟，這血濃於水又不共戴天的恩恩怨怨，該如何解套？與前作恰恰相反，小說的收尾陰鬱寫實，但電影最末讓弟弟的樂團造訪哥哥的監獄，演出一場振奮人心、《海角七號》式的大團員結局。

不過最讓我怔詫的還要屬《嫌疑犯X的獻身》。從卡司、宣傳到票房，《嫌》似乎嘗試著一齣「去小說化」而「電影化」的秀。原著設定中：物理天才與數學魔王的爾虞我詐，超極限的腦力激盪，菁英密室的釘孤隻，以及男人與男人多年勁敵無休歇的職涯大亂鬥……似乎在電影裡被平面化。福山雅治飾演的俊美偵探伽利略，對照扮醜扮老佝僂猥瑣的堤真一，這對決那還不在女粉絲們尖叫與瘋狂之中高下立判？

姑且不論本格派會怎麼看待《嫌》，和故事中增補的推理、懸疑和敘事性詭計，但它怎麼都還是一齣通俗的愛情故事。你是否願意為愛犧牲？是否願意守護心愛的人，直到世界盡頭？無論電影或小說，當那躲藏翼翼的未知數「X」終於破梗揭曉，悲劇性的現身／獻身的背後，我們看到名曰「愛情」的鮮血正汩汩而流。

文字訴諸於詞句的曖昧與想像力迸發，而畫面則挑戰視聽的慾望與認同。小說塑造鮮明的人物形象，演出時，則仰賴高人氣偶像與衍生的八卦緋聞補足。這可不僅是二次元到三次元的超克，更直指閱聽世代的大解構，大躍進。

盧卡奇有句名言，「小說有個孿生兄弟，名叫通俗小說」。但草率把「通俗／嚴肅」這種學院分野，用來區辨小說和電影，未免太粗製濫造。事實上，這些商業電影與小說，宛如異卵雙胞胎——他們一點不像對方，卻心有靈犀，配合資本主義商品化邏輯，分進合擊。稍不注意，改版的《嫌疑犯X的現身》封面換成福山雅治，《死神的精確度》換成金城武。他們和原來的角色設定其實找不太到接榫點，甚至全然難以聯想……但誰在意呢？

這何止是殺雞取卵？只不過小說往往靠著他的這個孿生兄弟，榮登暢銷排行榜巔頂。

A片

記得一堂性別理論的課間，高舉女性主義旗幟的學姊，對父權社會建構起的不平等或歪扭的慾望投射，多所痛陳。作為箭靶者，就是所謂的色情電影工業「公式」。「那種片根本情節都一樣」、「畫面裡永遠只有女生」……

針對這個文本，我們有各種諱飾，「A片」這個詞是不怎麼文雅，但在語言流轉裡最通俗也最普遍，而「小電影」、「三級片」、「愛情動作片」、「謎片」、「小本的」……大概隨世代交替，也都是那麼個意思。確實我們不能否認，鑑古照今，從春宮圖到刊物漫畫，再到影像，成人情慾題材始終指向父權體制最深肌切理的邪惡慾望，所有驅力的驅力。

不過要說色情片拍攝手法千篇一律，這個指控則未免失公允。事實上，日本色情電影工業枝繁葉茂，超乎我們想像。正因人才濟濟，業界競爭白熱化。光是不同株式會社之間，其所簽約之男女優、拍攝的系列與劇碼、研發的馬賽克格碼的技術，皆足以廓壁分庭。這些情色電影工業，最常見的是以題材類型區分，光是把性虐、繩縛、癡漢、癡女、人妻、中出、野外露出、尿溺、獸皇……好像這幾個羶腥赤裸的詞彙打出來，就足以讓人臉紅心跳，不加馬賽克還不能直接刊行似的。

而我島成為了這些色情片的順差輸出國。沒多久前的量化統計，國人未婚男女的理想職業。女生想嫁醫生嫁工程師……這當然有經濟考量；但男生理想前三名竟是空姐、護士和女教師。你很難說這不受到東瀛情色輸出的影響。或許「角色扮演」在色情片裡只是一個老梗，但這實出自成套的慾望機制。第一階段，找來好幾個女優扮裝成不同角色，讓觀眾投入慾望與想像；接著同一知名女優換穿不同角色制服，擺明著告訴觀眾——這是喬裝扮演、假鳳虛凰；第三階段更扯了，他們佯裝在供租賃的假醫院、假機艙、假教室或假電車廂（也可能是真實包場的低運量電車路線裡），安裝針孔攝影，安排女優們恰如其分地在這些贗造的場所，上演一齣真實身分、真實空間，卻誇張到不行的性崩壞與性歡愉景觀。

這極盡逼真的偽中之偽，慾望如何在其中取得平衡？是相信其扮演客體的擬仿，還是壓抑住「這是在演戲」的自覺，去相信主體之變裝？

情色電影當然也得注重結構感，而一小時左右的劇碼，最常見的是以三段情節組成。在敘事學裡這叫「三疊式」。稍早些盛行的「人妻系列」，劇中喬裝夫妻的男女演員，先來一段夫唱妻隨基本款，再來就是無視光天化日的歹徒闖入，對太太百般性凌辱，第三段則是全劇張力高潮之所在，一群（扮相）窮凶極惡、卑鄙猥褻的汁男，挾持丈夫一同參與活豔豔上演的性場景。

只不過這種假假的劇碼拍多了，觀眾也難免美感疲乏。要勉以「假裝這一切都是真的」然後投入慾望，有點力有未逮，但一經萌生「假」

的念頭，一切又將如造夢失敗般崩毀。最近甚至出現了一不能算作職業的職業：「花嫁」（就是新娘）。如果說人妻虛無縹緲，加上資歷嫻熟的女優登場即漏餡，那麼把身分改為婚姻儀式之過程，豈非直接撩撥了慾望？只不過諸如女教師、空姐、護士或ＯＬ……都是真實呈顯的職業，而新娘這種過渡性的身分——女優穿起裸肩白紗裙，開始放浪形骸、煙視媚行，這會不會太扯？

我無意替父權辯駁，或宣稱情色工業合法性。但君不見：他們自有一套性啟蒙與撩撥慾望的算式，以及求新變的宏願。除了題材變革，聽說還興起一新拍攝法，日語直譯「目線」，攝影機被安裝在男優頭頂，巧仿觀者之視野，觀看整個動作流程。凝視他的凝視，這套推陳出新的「公式」，很難不教人驚豔。要說「假」的地方，當然很多——像情節、職業或角色扮演；像闖入畫面的攝影機，甚至是女優的放浪絕叫……但「這檔事」本身，卻那麼拳拳到肉，一點不假。這麼說來，這看似低俗猥瑣的色情工業，讓真實與虛構，有了重新定義的可能。

當代名家·祁立峰作品集1

偏安台北

2013年12月初版
定價：新臺幣280元

著　　者　祁立峰
發行人　林載爵
叢書主編　胡金倫
封面設計　顏伯駿

出版者　聯經出版事業股份有限公司
地址　台北市基隆路一段180號4樓
編輯部地址　台北市基隆路一段180號4樓
叢書主編電話　(02)87876242轉203
台北聯經書房：台北市新生南路三段94號
電話：(02)23620308
台中分公司：台中市北區健行路321號1樓
暨門市電話：(04)22312023&22302425
台中電子信箱　e-mail：linking2@ms42.hinet.net
郵政劃撥帳戶第0100559-3號
郵撥電話：(02)23620308
印刷者　世和印製企業有限公司
總經銷　聯合發行股份有限公司
發行所：新北市新店區寶橋路235巷6弄6號2樓
電話：(02)29178022

行政院新聞局出版事業登記證局版臺業字第0130號

本書如有缺頁，破損，倒裝請寄回台北聯經書房更換。　ISBN 978-957-08-4313-2 (平裝)
聯經網址：www.linkingbooks.com.tw
電子信箱：linking@udngroup.com

贊助單位　文化部 MINISTRY OF CULTURE REPUBLIC OF CHINA (TAIWAN)

國家圖書館出版品預行編目資料

偏安台北/祁立峰著．初版．臺北市．聯經．
2013年12月（民102年）．232面．14.8×21公分
（當代名家・祁立峰作品集1）

ISBN 978-957-08-4313-2（平裝）

855 102024179